往復書簡

初戀與不倫

坂元裕二　簡捷一譯

往復書簡　初恋と不倫

手紙には夢と思い出が
詰まっています。
それを分かち合うことが
出来て、幸せです。
いつかお会い出来ますように。

坂元裕二

信中滿載著夢與回憶，能將它們分享給各位是何其幸福。
願有朝一日能與各位見面。

——坂元裕二

各界推薦

本書徹底展現作者累積多年在劇本對白上的功力，看似書信體，其實更像是聲音乘著微細的空氣粒子，以時而倉促時而舒緩的節奏，敘說出兩段關係中的幽微又深刻的情感，令人不得不屏息凝聽。不只抓緊故事的懸念，同時文字描寫出的影像感躍然紙上。

資深編劇　**吳洛纓**

坂元裕二可能是日本現今最懂得擅用書信的腳本家，這像是他的最終絕招，在戲劇裡直接將文字實體化，用「信」寫出角色不敢說出口的對白，讓情感更能感動觀眾。而《往復書簡 初戀與不倫》驚人的是，坂元裕二用更純粹的方式將這種敘事走到新的境界：信裡刻意留下的「留白」，才是能讓讀者印象深刻的「情感」。

人氣影劇評論粉絲團　**重點就在括號裡**

初戀可能帶著黑暗的色彩，不倫可能是一種無辜。在坂元裕二的筆下，喜劇和悲劇總是互為倒影，是與非之間也總是沒有界線。而人生不也如此，向來是悲喜交集，無所謂真正的好壞，於是幽默裡的蒼涼，甜蜜中的心酸，就成為人生的必然。

作家　**彭樹君**

致 坂元老師：

拜讀大作，不禁失禮地揣想：儘管您創造出那麼多經典戲劇，但在您的故事倉庫裡，一定有個抽屜，是小說專屬的吧。在您能承載孕育那麼多天使、精靈與神經病的浩瀚心靈裡，一定有個最迷人的角落，是時時餵養著小說的吧。在您誠懇而勤奮的劇作家生涯中，一定想過，要是能只寫小說該有多好吧。是這樣的吧？靜候回覆。

您的粉絲　劉梓潔 敬上

作家　**劉梓潔**

目錄

初戀不歸，海老名休息站

1

玉埜廣志

我是玉埜。妳叫我回信，所以我就回了。

妳很煩。我跟妳只是同班同學而已，根本沒講過話，我對妳一無所知，妳也對我一無所知。我覺得妳很傲慢。竟然說想助我一臂之力，真是無聊，根本是偽善。懂偽善嗎？不懂自己去查字典。

從此以後，請妳像班上其他同學一樣，當作我不存在。麻煩妳了。

三崎明希

我是三崎，謝謝你的回信。你那句「麻煩妳了」的用法真有趣。

有陣子我和濱松的奶奶一起住，那時奶奶常說：「妳和妳爺爺真像，頑固又彆扭。」沒錯，我就是頑固又彆扭。

玉埜，你在信上說我對你一無所知，倒也不盡然。你之前到圖書室借過一本大屠殺的書對吧，後來我也借了那本大部頭的書。你知道嗎？看了借書卡我才發現，這所學校設立以來三十二年間，借過那本書的只有我們兩個人而已。還有，春季馬拉松的時候，你是不是跑到高架橋下偷懶，還吃著小熊餅乾？我對你並不是一無所知，而且也想更了解你。

偽善嗎？也許吧。但是我想用邊吃小熊餅乾邊談天的調調，和你聊聊那場恐怖又殘忍的大屠殺。

放學後，我在村濱購物中心頂樓等你。

玉埜廣志

妳真囉嗦。

閉嘴。

噁心死了。

最好從村濱購物中心頂樓掉下來摔死。

三崎明希

不好意思，又要說到我奶奶了。有一陣子，我和另一個奶奶住在練馬的公寓住宅區。

那個社區總共有八棟公寓，正中間有條雜草叢生的小河流過。晚上我常到河邊去，總愛把腳稍微浸到河裡，在伸手不見五指的黑暗中踩著水，聽嘩啦啦的水聲。有一天發生了意外事故，六號樓有個和我同齡的女生，在那邊溺死了。從此以後，大人再也不准小朋友靠近那條河了。但是每到夜晚，我一樣會到河邊去，越過柵欄，嘩啦啦踩著水。那時候我想，溺死的也有可能不是那個女生，而是我。大人拿著那根長桿子搜索的可能是我，搜救人員呼叫的也可能是我的名字。於是我發現，不論何時何地，原來人這麼輕易就會死去。

要從村濱購物中心頂樓掉下來摔死很簡單喔，為什麼要說這種話呢？

像笨蛋一樣。很重要所以我再說一次。笨蛋。

玉埜廣志

對不起。

三崎明希

玉埜，我整整笑了三十分鐘。

你真有趣，不過我可不會輕易原諒你。

告訴我你喜歡哪一種口味的拉麵。我喜歡海老名休息站的醬油拉麵，要撒上一整面的胡椒。還有，收音機體操裡你最喜歡哪個動作？

玉埜廣志

收音機體操我最喜歡上下伸展手臂那一段，特別喜歡把手放在肩膀的動作。

我沒有特別喜歡哪一種拉麵。不過昨天放學路上讀了妳的信，從本厚木車站騎腳踏車到海老名休息站點了醬油拉麵，撒上一整面的胡椒。真好吃。

為什麼三崎看得見我呢？真不可思議。

三崎明希

上下伸展手臂啊，那一段還挺普通的。

你不是透明人，我當然看得見。我記得一清二楚，從半年前開始，吉川老師點名的時候不喊你的名字，也不再看你的眼睛了。也記得班上同學注意到這件事，不約而同開始有樣學樣。就這樣，再也沒有人看你一眼，也沒有人跟你說話了對吧。哈哈哈。

今天的問題是：吉川老師為什麼會無視你？還有，你喜歡檸檬茶還是奶茶？

玉埜廣志

檸檬茶。

三崎明希

我喜歡奶茶。看來我們的性格有些不同之處，不過沒有關係。也請你回答另一個問題。

玉埜廣志

不知道。請妳別追究了，在學校不要看我。

三崎明希

我要看。我會看的。

玉埜廣志

妳也想變成透明人嗎？

三崎明希

如果能跟你說話，那當然想啊，變成透明人有什麼問題。

玉埜廣志

放學後，我在村濱購物中心頂樓等妳。

別提吉川老師了，我想跟妳聊大屠殺的話題。

三崎明希

玉埜。

我一直覺得，我這個人的腦袋遲早會變得不正常。不知為何，我對世界上恐怖又殘忍的事、人類醜陋的一面很感興趣。不只是大屠殺而已，我還跑到圖書館，看了一堆世界各地殺人狂的書。約翰．韋恩．蓋西、帕特里克．麥凱、赫爾伯特．穆林、黃道十二宮殺手、艾德．蓋恩，有人說，殺人是為了拯救世界；有人說自己能吟唱死亡之歌。我一定會漸漸瘋掉，變得不正常，哪天就會下手殺人，或是殺了自己。想到這裡總覺得好害怕，怕得發抖。

玉埜，在村濱購物中心頂樓，你雖然一句話也沒說，卻握了我的手，我好高興。謝謝你，握了我骯髒的手。

玉埜廣志

三崎，我想妳不會瘋掉的。某人眼中恐怖的事，看在另一個人眼中也可能令人安心。令人害怕的事每天都會發生，就像天氣變化一樣。我們感受到氣溫變化，自然會覺得好熱好熱、好冷好冷、不冷不熱剛剛好；感到害怕也一樣，是理所當然的事情。

手碰到手的時候，妳露出非常驚訝的表情，我還以為要被討厭了。妳的手一點也不髒，我喜歡妳的手。令人安心。

三崎明希

玉埜，你是不是有戀手癖？

不嫌棄的話，下次可以讓你多摸一會兒哦，也可以讓你靠得很近很近盯著看。你想怎麼使用我的手都好。

玉埜廣志

我沒有戀手癖，只是喜歡三崎的手而已。

昨天晚上，我回想和妳握著手的情景入睡，結果作了奇怪的夢，夢見我們兩個身在集中營的毒氣室裡。先前有無數的人死在這裡，牆壁和地面滿是黑色汙漬，我們倆全身赤裸。我靠得很近很近，看著妳的裸體，妳說：「不要一直盯著看啦。」負責釋放瓦斯的人正在準備一氧化碳和氰化氫，但我們絲毫不以為意，渾身充滿性慾。

三崎明希

你也許沒有戀手癖，卻有非常特殊的癖好。先撇開背景設定和全裸情節不談，在你的夢中登場還是挺令人開心的。

馬上就要放春假了，要升上二年級了。

有點寂寞。

玉埜廣志

妳覺得體育館天花板上的燈泡都是怎麼換的？

三崎明希

我想是有人跳上去換的。

馬上就要放春假了。

玉埜廣志

竟然是用跳的。

春假怎麼了嗎？

三崎明希

玉埜，我無論如何都無法原諒老師和同學對你的態度。你人在教室，

誰都看得一清二楚，一點也不透明，情況今天也沒有改善。

玉埜廣志

我倒覺得這樣就好，不會特別介意這件事。能像這樣寫信給妳、收到

妳寫的信，這就夠了。

最近的我活在信裡，在信裡和妳見面。

三崎明希

我想，你的問題不只是你一個人的問題。之前跟你說過吧，我跟奶奶住在公寓的時候，有個女生在社區河邊溺死的事。某人身上發生的事，在誰身上都有可能發生。每一條河之間彼此相連，河水潺潺流過，又匯流於一處。發生在你身上的事，同時也發生在我身上，只是你在學校碰上這件事，而我在其他地方碰見。

玉埜廣志

我不太懂，發生在妳身上的是什麼事？妳也遇過同樣的狀況嗎？請妳解釋清楚。

三崎明希

別推測了，這樣我很難為情。

玉埜，你有沒有一個人住過？念小學的時候，我獨自生活了兩年左右。我的爸爸媽媽是綠色邊的信封，打開來裡面有錢。我拿這筆錢去吃飯、繳電費、繳ＮＨＫ的收視費，買教材和泳衣。放學回家，跟黑色的狗狗布偶說「我回來了」。泡澡的時候開著電視，假裝有人在看。夜深了，我把臉埋進棉被裡，在腦海中假裝家裡有其他人在。我的手指之所以變成這樣，也是那段時間不太會燒開水的緣故。媽媽大概每三個月會回來一次，她緊緊抱著我說：「我們還有錢，還有錢，妳不要擔心。」她只住一個晚上就會離開，隔天又不知道去了哪裡。四年級的時候，兒福中心的人來了，於是我住進練馬的奶奶家。奶奶說：「真對不起、真對不起，奶奶沒注意到妳的處境。從今天開始，妳就把我當成媽媽吧。」把奶奶當成媽媽有困難吧！雖然我心裡這麼想，不過從此「我出門了」和「我回來了」都可以對著奶奶說了。過不久，黑色狗狗布偶的手腳就脫落了。

不用告訴我感想，讀完只要回覆我「讀完了」就好。

玉埜廣志

讀完了。

三崎明希

玉埜，我真喜歡你率直的個性。

放學後，我在海老名休息站等你。要不要一起吃撒了整面胡椒的拉麵？

玉埜廣志

拉麵真好吃。

三崎明希

回家路上，你為什麼一句話也不說了？

為什麼突然放開手？

我有點難過。

玉埜廣志

對不起。

回家路上，我只是看見有人在車子裡做那檔事，嚇了一跳而已。

三崎明希

原來如此。

玉埜，問你哦，你也想做嗎？我覺得可以做沒關係。我不太喜歡他們那種做法，不過如果用普通的方式做，我不介意哦。

時間和地點交給你決定。

我負責做旅遊手冊。

玉埜廣志

沒有人為這種事做旅遊手冊的啦。

話說回來，我也不是那個意思，真的只是嚇一跳而已。

三崎明希

我知道了。說了奇怪的話，對不起。你會不會瞧不起我？

不過，除了旅遊手冊以外，我是認真想過才說出口的。

玉埜廣志

明天開始，我們全家要一起去盛岡的親戚家，所以沒辦法出席休業式，要等新學期才能再見到妳了。

也祝妳度過愉快的春假。

三崎明希

玉埜，等你讀到這封信，應該是四月以後的事了。

因為孤兒院的關係，我又要搬到別的地方去了，今天是我最後一次到這所學校上學。

我們正要去參加休業式。我打算做一件事，和先前提過的河流有關。我想截斷河裡的水流。

我是這麼想的：如果要幫助自己重視的人，並不是拉那個人一把就好，必須改變那個人周遭的一切。要解決這種情況，一般好像會做炸彈之類的，但我沒有相關知識，也沒那麼喜歡爆炸，所以我會採取其他辦法。

三崎明希

休業式結束了。或許該說是進行到一半，被我中斷了。

我順利達成目標，頗有成就感，好比終於吃到垂涎已久的美食，酒足飯飽的感覺。

現在我一個人待在教室。兒福中心的人來了，說差不多要出發了，叫我快去準備。我不後悔，也沒在反省，只可惜不能決定自己的去向。濱松的奶奶和練馬的奶奶都不在了。啊，我真想快點脫離十三歲，即使現在馬上變成七十歲的老太太也好。多希望在我長大之後才遇見你。

我看見村濱購物中心，看見頂樓，我們牽手的頂樓。那一天的事，我已經回想了好多好多次，往後也會再記起無數無數次。

追記：小黃瓜淋上蜂蜜，有哈密瓜的味道。

玉埜廣志

四月九日。

今天早上我打開鞋櫃，把妳的信收進書包，走進教室。沒看見妳的人影，以為妳是不是請假了。我剛剛才把信讀完。

發生什麼事了？妳現在在哪裡？

玉埜廣志
四月十日。
早上開了朝會，校長致詞，然後課程開始了。我們的班導換成了橫井老師，吉川老師雖然沒當班導，但好像還在學校裡教書。
我聽說休業式那天的事了。三崎突然扯開嗓門，大聲說出吉川老師偷拍女同學，被某學生發現後，還帶頭無視那個學生的事。然後三崎就被帶出體育館了。
現在已經沒有人再提起休業式的事件，點名的時候，也會喊到我的名字了。但是我沒有回話，只有妳可以喊透明人的名字。
三崎，我好想見妳。

玉埜廣志
自從妳轉學之後，已經過了三個月。
現在我交了幾個朋友，我們會一起吃營養午餐，放學路上唱個卡拉

ＯＫ。今天我和他們一起吃拉麵的時候想起了妳。想起來，就代表先前忘記了。這陣子，我偶爾會忘記三崎，於是想吃吃看小黃瓜加蜂蜜，看會不會有哈密瓜的味道。我走進便利商店，結果沒賣小黃瓜也沒賣蜂蜜，不過有賣哈密瓜。我差點要買哈密瓜了，走到櫃檯前才突然回神，這樣不對，我不是要買這個，最後兩手空空走出了店門。

我不知道該把這封信寄到哪裡才好。

三崎，妳現在在哪裡？

三崎明希

展信愉快，近來早晚天氣轉涼了不少。

我是三崎明希。

在本厚木中學念國一的時候，和你當過同班同學。

已經過了這麼長一段時間，不知道你對三崎這個姓還有沒有印象？

前陣子我在整理舊物，找到了你當時的信。雖然擔心打擾到你，還是忍不住想跟你聯絡，於是提筆寫了這封信。你現在好嗎？

現在剛過半夜一點，我人在國道客運上。這是晚上九點二十分從神戶發車，早上六點半抵達東京的深夜班車，正行駛在東名高速公路上。坐我隔壁的人手機也沒關就睡著了，發出沉穩的呼吸聲。調整椅背的拉桿扳不動，真傷腦筋。腳下有雙毛巾布的拖鞋，我用腳尖撥著玩，想起教日本史的野田老師。玉埜，你還記得那次拖鞋事件嗎？課堂中，有個保險套的袋子黏在野田老師的拖鞋鞋底。也不知道是誰掉的，空空如也的包裝袋就這樣牢牢黏在上頭。我在心裡「啊」了一聲，往隔壁一瞧，你臉上也露出「啊」的表情。野田老師是學年主任，這件事一旦被發現，各科老師一定會想辦法揪出犯人，看得大家膽戰心驚。這件事最後不知道怎麼了。

啊，最新消息，剛剛椅背的拉桿動了，我終於可以睡了。雖然通篇都是無關緊要的小事，到了下一個休息站，我就會把這封信寄出去。現在那個休息站好像已經建設得頗具規模了，以前我們兩個還在那邊吃過拉麵呢。筷袋上印著小知識，有一條是「獨角仙會抬起一隻腳尿尿」，真逗趣。

追記：有一件事要告訴你，說不定該先寫在前頭。抵達東京之後，我就要結婚了，現在這輛客運的司機就是我的未婚夫。我想寄喜帖給你，方便把你的聯絡方式傳到底下這個信箱嗎？

玉埜廣志

三崎明希小姐：好久不見，妳的信從厚木老家那邊轉寄過來，今天才寄到我手上。

在寄件者欄看見妳的名字令人懷念不已，讀了內容我卻大吃一驚。三崎，妳搭的那班神戶往東京的深夜客運，不正是前幾天出車禍的那班車嗎？就是東名高速公路那場嚴重車禍，客運在海老名休息站附近自撞分隔島，車身翻覆，釀成八人死亡的意外。我剛剛上網查了死傷名單，沒看見妳的名字，但還是很擔心。報導上說，肇事駕駛至今仍在逃亡當中。

回信可以直接寄到這個信箱沒關係，不過也把我的手機號碼留給妳。方便的話，請跟我聯絡。

2

三崎明希

接續上回的信。我想起來了，後來黏在野田老師鞋底的袋子剝落了，古川郁美同學把它撿了起來，寫讀書心得報告的時候當書籤用。

玉埜，我平安無恙，剛吃完中午的便當，還外加兩道小菜。謝謝你留下信箱，我會常寫信聯絡。

還有，你現在過得怎麼樣？這問題有點籠統就是了。另外，村濱購物中心還在嗎？

玉埜廣志

謝謝妳來信，很高興知道妳平安無恙。

先回答籠統的問題，我住在東京都目黑區，在業界中堅的廣告公司擔任企劃，最近做了「飛鳥眼鏡」的廣告。女友募集中。

另一個問題的「村濱購物中心」是什麼店？我沒什麼印象，是站前商店街的名字嗎？

電視和報紙天天報導妳碰上的那場車禍，還有逃離現場的客運司機，也就是妳信中提到的未婚夫。

也許我有點多管閒事，但好歹我們也當過同班同學，我很擔心妳。妳在哪裡，過得還好嗎？

三崎明希

讀了你的信，我忍不住把手中的咖啡杯放到桌上。玉埜，沒想到你在廣告公司上班，真不簡單。至於某某購物中心，你沒印象的話就算了，沒關係。

言歸正傳。讓你這麼擔心，真不好意思。

我說明一下。到前幾天為止，我一直在神戶一家怪怪的郵購公司上班。公司專賣不知有沒有效的中藥，我擔任接線生，負責處理客訴。要結婚的時候，我們決定配合男方的工作搬到東京，於是我便離職了。「搭著未婚夫開的客運出嫁，這不是很夢幻嗎！」在上司和同事起鬨之下，我搭上了那班客運。

上車的時候，我沒有和他說話。他對上我的眼神，又移開了視線。畢竟他正在值勤，我以為這反應理所當然，沒放在心上。現在想來，要是當時注意到他的……該怎麼說呢，異狀就好了。

十小時後，發生了多人死亡的車禍事故。我隔壁坐著兩個高中女生，她們要去聽喜歡的樂團表演，一路上雀躍不已。

對不起，晚上我再繼續寫。

玉埜廣志

早安。也不早了，現在已經過了十點。

讀到當事人目擊事件的經過，我有點不知所措，好像在看一場電影。我跟媒體沒有關係，所以不想探問事故當時的情形，只是想見個面，請妳吃頓飯。惠比壽一帶有家很好吃的燒肉。

要不要吃點美食轉換心情？我正好也需要散散心，今天不小心忘了跟重要的客戶開會。

一起打起精神吧。

三崎明希

原本說晚上要繼續寫，結果不知不覺過了兩天。

這是後續，有點長。

我坐在面向前方的右側座位，從後面數來第四排。就結果來說，那個座位救了我一命。客運上的乘客以男性居多，不過也有全家一起搭車的旅客。車子在大阪、京都又載了幾個人，午夜前後開上了東名阪高速公路。

我一直醒著，一路上寫信給你，思考喜帖上要寫什麼，想著想著，客運在海老名休息站停了下來。東京近在咫尺，不過我們還是在這裡休息十分鐘，讓大家上廁所。我下了車，把信寄出去，懷著在旅遊景點寄出明信片的心情。

我準備回到車上時，看見他在吸菸區抽菸。夜色昏暗，但看得出他的臉色很差。我問他：「是不是身體不舒服？你還好嗎？」他低著頭，沒有回話，只見香菸小小的火光在他指間一明一滅。我想，也許值勤中不能跟他攀談，於是轉身準備上車。這時，他在背後對我說：「我們結婚的事，還是算了吧？」

我聽得一清二楚，卻還是頭也不回地回到座位上。車上的乘客都酣然沉睡，我馬上放下椅背，在他回到駕駛座前閉上眼睛。我感覺到引擎發動，我們再次被東名高速公路的車流吞沒，於是沉沉睡去。

發生車禍的瞬間，我什麼感覺也沒有。沒有聽見巨響，也沒有感受到天翻地覆。一回神，我跌坐在客運的天花板上，眼前是某本雜誌的封面，彩頁上的女生笑著朝我亮出乳溝。再遠一點，好多人交疊在一起，肢體交纏，分不清是誰的手、誰的腳，也分不清有幾個人。塞著襪子的皮鞋、壓壞的伴手禮盒、凱蒂貓化妝包，雜物全都散落一地。我茫然看著這一幕，與一個人四目相交，發現他的脖子彎成詭異的角度。車窗破了，有人半截身體直挺挺伸出車外，我馬上明白，啊，死了，這個人死了。我見過這情景，我想。從前在圖書室借的書上也印著類似的畫面，眼前所見像極了那恐怖的情景。

護欄穿破車身，刺進車內，以毫釐之差從我的脖子旁邊經過，刺穿了前面一整排的座位。某處響起骨頭折斷的聲音，然後漸漸傳來人們的呻吟聲、外頭車子開過馬路的聲音、哀叫好痛好痛的聲音。定睛一看，高中女生橫躺在我的大腿上，伸手一摸，才發現血濡濕了她的頭髮。

我不記得自己是怎麼移動到客運外頭的，回過神來，我已經把那個女生安置在路肩上。我心想，啊，這女孩子該不會已經沒有呼吸了吧，這種時候該怎麼辦？對了，要找那個，三個英文字母的那個儀器……我回過頭，看見客運卡在中央分隔島上，車頭抬得老高，像從地上長出來似的。

駕駛座被撞得稀爛，我看見有人從裂隙裡爬出來，於是叫了他的名字。

「桂木。」

桂木抬頭看著客運，嘴裡哼著歌。「桂木！」我又喊了他一次，他回過頭來，我們四目相對。那雙眼睛裡空無一物，不帶任何訊息。「桂木、桂木！」我又叫了幾聲，但他背過身去，在路燈下一步步走遠，那身影在燈火間時隱時現，終於完全消失無蹤。

女孩恢復了呼吸，我擁著她的肩膀，在遠方傳來救護車的警笛之前，不斷告訴她：沒有傷到臉哦，妳朋友一定也平安無事。

玉埜廣志

真對不起，過了這麼久才回信。

幾個麻煩的客戶剛好都擠在一起，加上課長異動，我這陣子忙得不可開交。

最近終於比較有空了，妳想不想吃燒肉？我最近都吃附近的拉麵定食，有點營養失調。

今天搭電車也坐過站兩次，本來要在日比谷下車，卻搭到了茅場町。最近老是發生這種事。

車禍經過對我來說有點缺乏真實感。不過，人還活著不是很好嗎？很高興妳平安無事。

三崎明希

謝謝你回信。

拉麵定食？拉麵要怎麼配飯？匆忙中就此停筆。

玉埜廣志

我大學時代有個男性友人，姓氏有點奇特，叫豆生田，讀音是「ma-myu-da」。豆生田有個特技，他可以吃飯配炒飯。匆匆停筆。

三崎明希

桂木當時哼的那首歌，我想起歌名了。

那是一首叫〈雅克弟兄〉的法國民謠，你聽過嗎？就是「兩隻老虎，兩隻老虎，跑得快，跑得快」那首歌的原曲。在那種場合唱那首歌可真悠哉，但那旋律卻一直在我腦海縈繞不去。所謂的死亡之歌，說不定真是這種調調。

那位叫豆生田的朋友真有趣，我還想聽他的故事。

玉埜廣志

豆生田常咬糖果，不是含在嘴裡吃，是用咬的。他會把水果糖、黑糖糖果整包打開放在桌上，一邊喝酒一邊抓起糖果喀啦喀啦地咬，再抓起一把，又喀啦喀啦地咬。

去年，豆生田去了非洲。據他所說，非洲某某國家沒有乾淨的水，居民喝了充滿病原菌的水都生病了，所以他要去做水道工程。老實說，當時我心想：你別管那個了，還不如趕快把那雙借了幾百年的球鞋還給我。不過，豆生田還真的幫小村莊牽好了水道，回到日本來。

上個月，豆生田和大他十歲的職業高爾夫球選手結了婚。這男人連高爾夫球規則都一無所知，到底是怎麼認識女性高爾夫球選手，最後攜手步入禮堂的，真是個謎。更驚訝的是，他結婚後竟然把我的球鞋拿去網拍了。

話說回來，三崎，妳現在住在哪裡？不知道妳變成了什麼樣的女性。

三崎明希

嗯……我該算是什麼樣的女性呢？我想，大概和你身邊的女孩子沒什麼差別。

我住在原本預計和桂木一起生活的房子，他順著房屋仲介的推薦，選了這間小套房。我挑了喜歡的布，自己縫了窗簾。

玉埜廣志

我臨時要到洛杉磯出差。

上司坐商務艙，但我得坐經濟艙，有點難熬。

這次是短期出差，只在當地住三個晚上，而且還是有辦法聯絡，所以有什麼事請告訴我。

我會買點伴手禮回來。

三崎明希

洛杉磯啊，真好。

玉埜，你常常出國嗎？我也出國玩過一次，是那間怪怪郵購公司辦的員工旅遊，去了關島。說是這麼說，不過大家去打高爾夫球的時候，我只在附近閒晃，被巨大蜥蜴嚇了一大跳而已。

工作加油。

一路順風。

玉埜廣志

洛杉磯這邊現在正好是午餐時間，我陪上司應酬，人正好在高爾夫球場上。也許是時差的關係，我在這邊也睡不好。

半夜被旅館房間裡冰箱的聲音吵醒了好幾次，感覺彷彿作了惡夢，但醒來時什麼也不記得了。

三崎，妳都用什麼香水？看妳喜歡哪一種香水，我買回去當伴手禮。

三崎明希

對不起，這麼晚才回覆。

你已經回國了吧？謝謝你費心，其實我一次也沒噴過香水。

你有這份心意我就很開心了。

玉埜廣志

我回來了。

買了上司推薦的香水，和妳見面之前，就先保管在我這兒吧。香水應該常溫保存就可以了吧？啊，豆生田有個怪癖，不管什麼東西都收到冰箱裡，他會把保險套的盒子放在雞蛋盒隔壁。

話說回來，妳讀過新發行的週刊了嗎？

三崎明希

我讀了，上面刊著桂木的照片。

他的員工證件也是用這張相片，我明明看過無數次，卻不知怎地覺得上面那人不是他。

明天開始，我想出門一趟，去找桂木。我會一邊咬著糖果，用豆生田心態加油。

玉埜廣志

豆生田心態嗎？這還真不敢恭維。

老實說，我很驚訝。去找桂木是什麼意思？妳為什麼要出發去找他呢？我認為那是警察的工作。

雖然他是妳的未婚夫，但妳也是受害者之一，我想妳能做的，就是早日恢復精神而已。

如果我是妳，我會忘了桂木。

三崎明希

我剛傳完郵件，沖個澡出來就收到回信，嚇了一跳。

玉埜，你說得沒錯，我也這麼想。你是對的，對得無庸置疑。對不起。但是我辦不到。

玉埜廣志

那個人把妳丟在車禍現場自己逃跑了。

三崎明希

對不起。

玉埜廣志

為什麼道歉？

三崎明希

因為這件事明明跟你沒有關係，我卻一直寫信給你。因為我決定出發去找桂木還刻意告訴你，造成你的困擾。

玉埜廣志

不會，一點也不困擾。

三崎明希

即使你不這麼認為，困擾仍然是困擾，它的存在不容否認。我想，傾訴悲傷也是一種暴力，這種事不該刻意說給人聽。

已經三點了。晚安。

玉埜廣志

先別睡，妳能不能打給我？我想直接跟妳聊聊。

三崎明希

還是別打電話吧，這是我和你之間恰到好處的距離。

結婚的事，是我先向桂木提議的。

那天是假日，我們倆一起到大阪港，正把乾巴巴的香腸沾上一大堆芥末醬吃，附近正好有兩個男孩子在玩接球，看起來像一對兄弟。那時候，像哥哥的男孩子接住球說：把球丟得遠遠的，才最好玩。我聽了，不知怎地覺得真有道理。丟得遠遠的，不知道是什麼感覺。丟得遠遠的。那句話平凡無奇，卻牢牢印在我腦海，揮之不去。回程，我對桂木說：我們結婚吧。

婚事定下來之後，我們倆都更常笑了，簡直判若兩人。但是，我想他打一開始就注意到了。那天在海老名休息站，與他四目相對的時候，我便明白這個人早就注意到了，注意到我只是想把球丟得遠遠的，注意到我一點也不愛他。

東名高速公路客運翻覆事故，這是我引起的車禍。週刊雜誌上印的那張證件照，肯定不是素未謀面的陌生人，而是我自己的臉。他那雙空無一物的眼睛裡，映照的是我的雙眼。

玉埜廣志

我試想了一下。

去年夏天開始，我和名叫橋本香織的女性交往了一陣子。當時我在設計工作室上班，她是工作室的助理。那一天，颱風直撲東京，離工作室最近的車站淹水，交通全數癱瘓。我回不了家，正不知所措的時候，看見橋本小姐坐在不遠處的家庭餐廳裡，隔著窗子朝我揮手。我們在店裡等待颱風過境，坐了四、五個小時，聊著無關緊要的話題，確認風停了才走出店外。夜晚的空氣透明得不像東京，帶有特別的氣味；計程車已恢復行駛，我和橋本卻走進附近的旅館。從那時開始，我們交往了半年，其間一次也沒提過喜不喜歡、愛不愛之類的話題。要是有人這麼問，想必我們兩人都會偏著頭感到不解吧。那就像一種吊橋效應，是東京夜裡隨處可見的光景。

三崎，我覺得妳不該把那場車禍想成自己的責任。

三崎明希

你我也分開了很長一段時間，我並不奢望你理解。只是對這陣子的我來說，向你寫下心事有其必要，你的回信也總是給我鼓勵。

謝謝你，我對你的溫柔心懷感激。

玉埜廣志

三崎，妳知不知道輿論怎麼猜測桂木良祐的下落？

三崎明希

你是說，桂木良祐可能已經自殺了？

我知道。

玉埜廣志

我說得太不委婉了。

我只是不甘心。

妳不愛他，這是什麼意思？妳不愛他，卻打算跟他結婚，現在又要出發尋找他的下落。

我不懂。

我想直接和妳談談，請給我妳的電話號碼。

三崎明希

我明白你的疑惑。是啊，如果我能給出合乎常理的解釋就好了。如果能說明我自己具備哪些功能，像說明冰箱、電鍋的功能那樣，那該有多好。

我看到可愛的小狗，會覺得「好可愛」；收到別人送的花束，也會心想「好漂亮」，這些功能我都有。但我沒有愛另一個人的功能。

這不是抽象的說詞。我無法接受別人的身體，一次也沒有碰過桂木，連他的手也沒摸過。箇中原因我不清楚，假如是兒時受過什麼創傷所致，我也沒有任何自覺，所以也不再追究為什麼會這樣了。有的電鍋本來就沒有計時器，出廠時便是如此，我也就當作是這麼回事。

但我卻想跟桂木結婚。真不可原諒。

晚安。

玉埜廣志

晚安。

玉埜廣志

最近搭電車常常坐過站，忘了等店員找零就走出店門。今天早上清醒後，我仍然記得前一晚的惡夢，那是陰暗毒氣室的夢。

今天我提早離開公司，打了通電話給橋本香織，就是我在颱風夜裡開始交往的那位女性，發現橋本的手機號碼已經解約了。我聯絡上雙方都認識的女性友人，她說：「橋本已經回仙台的老家囉。」我說，這樣啊，是回去結婚了嗎？她聽了，語氣略帶激動地告訴我：橋本和我分手後不久，曾經試圖輕生。

掛斷電話，我看了一會兒電視，把冰箱裡放了三天的燒賣拿出來吃。

吃到一半，午間講過電話的那位朋友傳了郵件來，上頭寫著：「剛才是我說得太過火了，橋本自殺未遂和你沒有關係。她現在有了戀人，過著幸福的日子，請你不要介意。」

我心想，怎麼可能沒有關係。我趴到流理台上，把剛吃下去的燒賣全吐了出來。不可能沒有關係。每一條河之間彼此相連，河水潺潺流過，又匯流於一處。

玉埜廣志

難得的星期天，卻一大早就下起雨來。那一天也是星期天，同樣下著雨。

國中一年級的時候，我到五金賣場，花八百四十圓買了一把鐵鎚，把它藏在外套內側，在雨中走進杳無人煙的停車場。我拆開包裝，拿出鐵鎚，一邊假想：吉川老師稍微比我高一點，差不多是這個高度吧？一邊反覆空揮。後來我想知道觸感，便把橡膠輪胎掛在樹枝上鎚打。吉川老師的後腦勺一定比這軟上許多，我在心裡暗忖，不斷鎚著輪胎。

隔天早晨，我把鐵鎚放進裝體育服的袋子裡，到了學校，發現鞋櫃裡放著一封信。那星期天到星期一早晨之間發生的事，時至今日，我一直不願想起。

昨晚，我把妳的信從頭看了一遍。讀完之後，我搭上電車，來到村濱購物中心的原址。村濱購物中心成了一片空地，四周架起了鐵管圍籬和藍色塑膠布，雜草叢生，空罐和腳踏車棄置於泥土地上，那天我們牽過手的地方蕩然無存。我走進咖啡店，從二樓吧檯窗前仰望原本頂樓的位置，現在什麼也沒有，只剩一片下著雨的天空。

一直以來，我怎麼都沒有注意到呢？我從前那樣對妳，之後又以同樣的方式對待橋本香織，現在又對妳做了同樣的事。我想，這種行為和持鐵鎚毆打頭部相去不遠，若是隨意給它取個名字，我會稱之為「走過對方眼前」的暴力。

三崎，我欠妳一份人情。那時是妳幫了我，是妳寫了信，放進我的鞋櫃裡。我想報答這份恩情，想助妳一臂之力。

3

三崎明希

十八歲那年，我拿到了駕照。打從以前開始，我總沒來由地相信自己擅長開車，果然連駕訓班的課都沒上過，便一次考取了駕照，所以今天是我第一次開車上路。

我租了車，一路開到練馬，在關越高速公路入口前的古斯特餐廳落腳，剛點了義式番茄羅勒漢堡排套餐，搭配大碗白飯。吃飽喝足之後，我打算乘勢開上關越高速公路。

我出發了。

玉埜廣志

有件事要告訴妳，根據某新聞網站報導，妳在客運上見到的那兩個高中女生已經回學校上課了。

義式番茄羅勒漢堡排好吃嗎？若是又一整個禮拜聯絡不上妳，我可受不了，所以就不多問妳要去哪裡了。初次上路請千萬小心。

三崎明希

謝謝你捎來的好消息，希望那兩個女生有一天能聽到喜歡的樂團演奏。

現在關越高速公路開到一半，到了赤城高原休息站。我還很飽，所以只吃了高原葡萄霜淇淋。

玉埜廣志

大學時代我在滑雪場打工，那時也去過赤城高原。

接下來也請妳小心開車。

三崎明希
抵達目的地了。
這邊有點冷，我只帶了件針織薄外套，有點後悔。剛才吹起一陣強風，一個下班回家的女生露出了小褲褲，不小心被我看到了。
我正要找地方投宿。

玉埜廣志
買件外套，別感冒了。
等妳聯絡。

三崎明希
你迴避小褲褲的話題。

我在當地還了車，決定住進車站前的老舊商業旅館。這棟旅館四層樓高，鄰近海邊，但窗外只看得見隔壁的建築，看不見海。

吃飯前，我先去了趟美容院，一照鏡子，發現我的頭髮慘不忍睹。店裡的阿姨染著紫色頭髮，她仔細幫我剪了個新髮型，真是心滿意足。

我打算稍微到鎮上走走，桂木說過，這是他出生長大的小鎮。當然，我沒把握在這裡遇見他，而且警察肯定早就搜索過了。

但我還是會走走看看，像狗一樣嗅聞氣味，像貓一樣，在黑暗中睜大眼睛。

玉埜廣志

早安。

昨天上司叫我去幫忙搬家。他們家兒子養了隻獨角仙，我想起妳先前提過的小知識，於是告訴他「獨角仙會抬起一隻腳尿尿」，小朋友聽得樂不可支。我一時得意忘形，又告訴他有種恐龍叫做「伊羅曼加龍

（Eromangasaurus）」，名字念起來跟日文的色情漫畫（e-ro-man-ga）一樣，結果上司太太聽了不悅地咋舌。

今天是第三天了？

三崎明希

第三天傍晚。在這個小鎮，商店街上的店家大多緊閉著鐵捲門，人煙稀少，待起來十分自在。明天我會早起，到海邊走走。

搬家辛苦了。據說蜜蜂一生只能收集一茶匙的花蜜，下次幫忙搬家的時候不妨換這個話題試試。

玉埜廣志

蜜蜂終其一生都在收集花蜜，那我終其一生收集什麼？

我今天也還在加班。

三崎明希

第五天晚上。我走進這五天來首度拉起鐵捲門的小咖啡店，點了拿坡里義大利麵。但每次店門一開我總要回頭，又想東想西，結果麵都冷了，用叉子一叉，整團麵都被我叉了起來。

每天回到旅館，我都記著要和你回報這一天的情況，像居於荒島的人在牆上一痕一痕畫記，留下每一天的紀錄。今天也毫無異狀。

玉埜廣志

保險起見和妳說一下。

今天發售的週刊雜誌上，有篇報導提到桂木良祐的未婚妻，刊出妳還在怪怪郵購公司工作時的照片，臉部打了馬賽克。

我有個問題，三崎。要是見到了桂木，妳想說什麼，又會怎麼做？

三崎明希

我終於進軍馬賽克界啦？

謝謝你提問。也許你會以為我在開玩笑，但要不是你這麼問，我還真沒想過這問題。

我也想知道，自己究竟想對他說什麼，又想怎麼做？

給我一點時間。

玉埜廣志

我知道了。

三崎明希

桂木渾身散發著汽油味，不論是桂木本人，還是他脫下來的外套，都帶著汽油的味道。

桂木的髮旋向左，我告訴他，聽說左旋的人頭腦都很好。他說，那一定是不實謠言。

桂木愛吃熱湯煮素麵，比拉麵、烏龍麵、蕎麥麵都喜歡。問他昨天吃了什麼，答案大多是熱湯素麵。

我問桂木喜歡哪一個數字，他回答，十四吧。我心想，為什麼是兩位數？

關於桂木，我想起的淨是這些事。我又了解桂木的什麼了？我想，我也對他施加了「走過對方眼前」的暴力。

即使真的找到他，我應該也不會過問什麼。只不過，如果他希望我做些什麼，我會盡力滿足他的願望。

玉埜廣志

我睡不著，到外頭晃了一圈。走下山手通，從神泉一帶穿越愛情旅館街，沿著中央街繞回來，又登上道玄坂，現在剛回到家。

豆生田說，有些事不該在半夜想，應該等早上起床，吃完白飯配味噌湯再想。我剛才思考的正是不該在半夜想的事，例如，當初我不該和妳分開。

雖然為時已晚，我卻開始後悔在那年春假前參加家族旅行，後悔丟下妳一個人。

三崎明希

我也還醒著。

好久沒把棉被拉到頭上了，試了這招卻還是睡不著。

不該分開。也許你說得沒錯，但我們確實分開了。我的春假沒有到來，所以對你的印象仍然停留在國中一年級。今天是那一天的延續，你腦海中浮現的人也不是現在的我，而是國中一年級的我。

電子郵件還真方便。

玉埜廣志

三崎，我和妳在村濱購物中心頂樓相見，觸碰妳的手指，牽了手，掌心疊著掌心。如果今天是那一天的延續，那我們仍然牽著彼此的手。

三崎明希

那對我來說是件特別的事。

玉埜廣志

我在想，如果無法幫助回憶裡的妳，不如帶著今天的妳逃跑。

三崎明希

逃跑，要逃到哪裡？

玉埜廣志

哪裡都好。看是香港、曼谷、布加勒斯特、布達佩斯、卡薩布蘭卡、喀布爾之類的都好。

三崎明希

玉埜，你眼鏡廣告的工作要怎麼辦？喀布爾是阿富汗的喀布爾嗎？你要怎麼在阿富汗維生？

玉埜廣志

打工之類的。

三崎明希

我不是有意潑你冷水，不過請你先搜尋「阿富汗 打工」看看。

玉埜廣志

搜尋了，可惜阿富汗看起來好像沒有打工職缺。

三崎明希

我好久沒這樣笑了，現在好像睡得著。

窗外天色漸明，又到了週一。自從我到這兒已經過了八天，換作是隻蟬的話都死掉了。

我還是在死掉前先睡了，你也睡吧。

晚安。

玉埜廣志

晚安。

三崎明希

我剛剛接到幾通無聲電話，從公共電話打來的，說不定是那樣。

玉埜廣志

無聲電話嗎？說不定真是那樣。

三崎明希

早安。

跟你報告最新情況。後來陸續又有幾通無聲電話，剛才對方又打過來，我便自顧自地告訴他，我正待在這個鎮上。話筒另一端沉默一會兒，便掛斷了。

我本來想，已經無計可施了，還是回去吧。搭上歸途的電車實在心有不甘，不如請玉埜來接我好了。就這麼辦，打電話給玉埜吧，我厚臉皮地這麼想。

這時，我卻一下子知道了他的所在地。通話紀錄裡留著他的號碼，我搜尋那支電話，發現是從某間旅館打來的。

我正要前往港口。

玉埜廣志

今天的晚報報導了桂木良祐的近況。

請妳趕快跟我聯絡。

三崎明希

我正在車站等電車。什麼樣的報導？

玉埜廣志

兩天前，有人在新潟市一間家庭餐廳看見疑似桂木良祐的人。

他點餐之前，向女店員借了支原子筆，在幾張餐巾紙上寫下一段文章，後來據說沒用餐就走出了店門。
別再追蹤桂木了，我馬上去接妳。

三崎明希

什麼樣的文章？

玉埜廣志

我不認為妳有必要讀。
請快點跟我聯絡。

三崎明希

知道了，我自己買來讀。

玉埜廣志

我一字不漏抄過來，讀完請立刻跟我聯絡。這是桂木良祐兩天前留下的信。

「我是客運公司的司機，剛才在十四點十四分進到這家店，妳帶我坐到六號桌，我覺得妳是親切又善良的女性。請妳讀完這封信立刻逃走，因為這間店有蚊香的味道。妳可能不知道，凡是有蚊香味的地方，一定潛藏著克魯曼德．克魯曼巴。克魯曼德．克魯曼巴的由來是吃了會說話的魚，那時人類還住在洞窟裡。前陣子排水管裡發現了人的手腳、頭顱，那正是克魯曼德．克魯曼巴活動的一環。克魯曼德．克魯曼巴會跟妳借橡皮擦，橡皮擦是墳墓的隱喻，絕對不可以借他，否則妳會從頭到腳被有害磁力融解，然後克魯曼德．克魯曼巴會對妳施展復活術。請遵照我的指示冷靜逃生，不用擔心我，他們只針對有名字的人，我沒有名字。」

以上。

如同妳認識的桂木並非他的全貌，我想這封信裡的桂木也不是他的全貌；但是妳已經救不了他了，他需要妥善的治療。

我請了整個禮拜的假，現在就去跟朋友借車，下午出發。期待與妳重逢。

三崎明希

謝謝你告訴我。

但是，對不起，我還是會去接他。

我總是不由自主回到一切的開端，那個和我同齡，在社區裡溺死的女孩子。那女孩也可能是我，可能輕易換成另一個人死去；同樣道理，寫出那封信的人換作是我也不奇怪。

我想，可能發生的悲劇即使沒有成形，仍然長留在內心深處。終有一天，悲傷匯聚成河，每條河流彼此相繫，河水潺潺流過，又匯於一處；悲傷之河，流進更深沉的悲傷之海。

玉埜廣志

我知道了。

不過我還是會去接妳，請告訴我妳在哪裡。

三崎明希

我會在直江津港搭上渡輪，前往佐渡。

玉埜廣志

好。

三崎明希

我抵達小木港了。

港口比想像中還大，我在服務中心打聽了旅館位置。

我一點也不緊張，真不可思議。

玉埜廣志

我到直江津港了。

買了末班汽車渡輪的船票，勉強可以在今天內抵達。

剛剛看見警車疾駛而過，也許是我的錯覺。

三崎明希

剛才一下子滴滴答答下起雨來，我走進附近的定食屋，點了照燒鰤魚定食，加一碗豬肉味噌湯。這間店裡的老奶奶也染了紫色頭髮，店門口睡著一隻圓滾滾的胖貓。

請你別擔心，我吃得很飽。真神奇，總覺得我這兩天一定能見到他，也許今天就能見面了。既然他直到今天都沒有選擇死亡，我會帶他到警局投案。之後的事我一無所知，明日此時，也許我會瑟縮在原地，苦思贖罪的方法也不一定。但是，玉埜，今天你會來接我。我會和你一起回到東京，有你為我指引歸途，沒有比這更高興的事了。

三景定食的「照燒鰤魚定食」，七百二十圓，推薦。

我要離開這間店，啟程前往旅館了。

玉埜廣志

我到三景定食了，這家店開到晚上十點，我決定在這裡等妳。我沒看到胖貓，不過老太太染了紫色頭髮。他們家孫子的音樂發表會好像快到了，靠裡面的座位一直傳來直笛聲。

此刻，我身在陌生港口這間老舊定食屋內，卻感到某種近似希望的情懷。隔了這麼久，我終於要見到妳了。見面時該擺出什麼樣的表情？一開始該說什麼？回程的車上有什麼話題好聊？想著想著，我忍不住露出笑容。

照燒鰤魚定食來了，我開動了。

三崎明希

現在是晚上十點。我回到三景定食，店已經關了，決定坐在路肩等你。

我沒見到桂木，據說他今天一大早就離開了旅館。方便的話，我想先跟你會合，決定明天之後該怎麼辦。請跟我聯絡。

啊，剛剛胖貓從我眼前走過去了。

三崎明希

剛過凌晨十二點，剛才待的地方暗了下來，我現在人在港口。玉埜，你在哪裡？也許你已經回東京了。如果回去了也沒關係，讓你擔心了。

三崎明希

早上了。天色仍然昏暗，但港口醒得早，人群已開始聚集。結果我昨天在渡輪候船處過了一夜。

玉埜，你是不是已經去上班了？

下次真想看看你做的眼鏡廣告。

我再跟你聯絡。

三崎明希

我回到東京了。

只離家十天左右，花店保證絕對不會枯死的仙人掌竟然枯萎了，我看了忍不住跌坐在地。你知道怎麼救活乾癟的仙人掌嗎？真傷腦筋。

玉埜廣志

我是玉埜，對不起，這麼晚才回信。先趕緊跟妳交代現況，我和桂木在一起，兩人都平安。我會再跟妳聯絡。

4

三崎明希

我違背自己訂下的規矩，打了好幾次你的手機。

讀完你的信，我暫時忘了呼吸。你為什麼和桂木在一起？請跟我聯絡。

玉埜廣志

三崎，妳別擔心。我們沒事，記得呼吸。

三崎明希

沒問題，我想我還在呼吸。等你聯絡。

玉埜廣志

現在剛過清晨六點。

害妳擔心了。我人在一間網咖裡，桂木就在隔壁房間，他應該還在睡。

讓我解釋一下。那天我已經走進三景定食等妳，店外卻突然傳來急踩煞車的聲音。我跑到外面，看見一台車停在路上，有輛腳踏車翻倒在車子前面。一名女子下了車，正在檢查保險桿。我發現不遠處有個男人的背影一跛一跛跑遠，急忙追了上去。男人腳上似乎有傷，還穿著藍色的浴廁拖鞋，卻仍然跑得飛快，我一路跑到港口邊才追上他。那人倒在成堆的水產箱旁邊，臉上有些鬍碴，不過儀容打理得比想像中整潔許多。我朝桂木伸出手，但他沒拉我的手，靠自己的力量站起身來，渾身發抖，帶著泫然欲泣的表情說：「不要殺我。」

我到商店幫桂木買了雙沙灘拖鞋，又買了我們兩人的船票，帶著車搭上渡輪，打算一抵達直江津港馬上聯絡妳。桂木站在後方甲板上，望著底下的海面，身體不住顫抖，實在不像會寫那種信的人。我到店裡買了咖啡牛奶和熱狗遞給桂木，他只收下咖啡牛奶。我問他，不餓嗎？他說，他不喜歡那種味道，吃的東西有一股食物的氣味，他不想吃。我告訴桂木：「不要緊，你別擔心，靠岸之後我會幫你聯絡三崎明希。」他冷不防開了口：「我是故意的。我是故意不踩煞車的。」

一開始，我還不知道他在說什麼。桂木啜飲著咖啡牛奶，繼續說下去：「我本來想殺了明希，自己也去死。」

渡輪開始轉向，螺旋槳的聲音震耳欲聾，桂木說的話我卻聽得一清二楚。我們早已看不見陸地，船在汪洋中平順航行，我覺得自己好像漂浮在半空中，朝下俯瞰著我們兩人。我愣在甲板上，一句話也說不出來，顯得如此渺小無力。多希望一道落雷劈下來，不偏不倚貫穿桂木的身體，那最簡單省事了。但是奇蹟不會發生。那時我切身領悟，只有自己能完成那道落雷的職責。

三崎明希

玉埜，你快接電話，我有不好的預感。

玉埜廣志

讓妳打了這麼多通，對不起。請妳不要擔心。

三崎明希

我不想連累你。

玉埜廣志

那時若不是收到妳的信，我已經拿起鐵鎚了。我想，我一路活到今天，為的正是此時此刻。如果想要幫助自己重視的人，並不是拉那個人一把就好，而是必須改變那人周遭的一切，對吧。

三崎，妳別擔心。反正世人都認為他已經自殺了，即使屍體遭人發現，也不會有人起疑。我會保護妳。

三崎明希

不對，不是這樣，你只是想參與我和桂木引發的事件而已。這件事沒發生在你身上，你只是誤闖了別人的人生。

玉埜廣志

桂木剪了頭髮。他覺得頭髮太長了，於是去買了剪刀，後腦勺的頭髮是我幫忙剪的。他現在非常冷靜。

桂木告訴我，他從小嚮往當個客運司機，在求職雜誌上看見國道客運徵駕駛員的廣告時，覺得這就是最理想的工作。從兵庫開六百公里的車到東京，一整晚幾乎沒睡，隔天晚上再出車，就這樣持續好幾天、好幾十天。關掉車上全部的燈，在深夜的高速公路上奔馳，他覺得自己好像和客運融為一體，化為一頭鯨魚在深海泅泳。除了人類以外，只有鯨魚和海豚這兩種生物會選擇自殺；絕望的鯨魚會以巨大的身軀衝撞岩石，擱淺而死。這件事總是在他腦海中揮之不去。如果就這樣撞上中央分隔島會怎樣？如果實現了會怎樣？他把這些想法全都說給我聽。

想死的話一個人去死就好了，何必牽連三崎和車上的乘客？桂木轉頭看我，面帶困惑，我這才發現這句話無意間脫口而出。世上不乏想死的人，其中總有人不願獨自死去，無法把自己的悲傷和憤怒收好，反而往外四處散播。

桂木露出匪夷所思的表情，抬頭看著我。我說：「差不多該出去了，外面天氣很好哦。你喜歡什麼樣的天空？」他回答，飄浮著好多小片雲朵的天空。我們三天沒出門了，到外面抬頭一看，天空正好就是他喜歡的那種模樣。

三崎明希

告訴我，你們現在在哪裡？

玉埜廣志
對不起，我不能告訴妳。

三崎明希
請你立刻帶他到警局。

玉埜廣志
不行，那樣世人都會知道妳是桂木的殉情對象。

三崎明希
如果桂木這麼說，那就是事實，我會全盤接受。你這麼做沒有意義。

玉埜廣志
別擔心，請妳照常過日子。

三崎明希

我不想把你變成殺人兇手。

玉埜廣志

這是最後一封信。

我和桂木正待在從前妳我也來過的地方。這裡變了不少，我四處繞了繞，重溫以前和妳一起散步的情景。當時的回憶湧上心頭，我一面回首過去，遺憾當初要是那麼做就好了、這麼做就好了，一面想像我們之間可能實現的後續。我們會一起出席本厚木中學的畢業典禮；會一起搭摩天輪，指著遠方說「我家在那裡」。我找到出社會第一份工作，穿上彆扭的西裝，妳看了會忍不住笑出來。我們會在下班後相約見面，彼此報告哪個同學又結了婚。曾幾何時，我們說不定擁有這種明天；一度可能實現的希望，我想就是所謂的「絕望」吧。

我確實握了妳的手，但重要的不是是否握過，而是一直握著不放手。

三崎，我喜歡妳。就這樣了。

三崎明希

等一下，拜託，請跟我聯絡。

三崎明希

玉埜，求求你，讓我聽聽你的聲音。

三崎明希

玉埜！

三崎明希

現在閱讀這封信的你，或許已經動手了結一切，也可能回心轉意，我無從得知。不論如何，我有話想告訴你。

我不確定是否能好好表達，畢竟越是費盡唇舌，總是離真實越遙遠。但我還是會將它寫下，若真要給這件事起個名字，也許就是初戀。

人有所謂的青春期，這時接觸的事物、喜歡的事物，全都和往後遇見的事物截然不同。換言之，青春期喜歡上的事物會成為一個人的全部。

對我來說，那就是你。我坐在教室最後一排，總是望著窗外發愣，卻開始有某件事吸引我注意，令我耿耿於懷。我東張西望，環視教室才發現：啊，原來是這個人。於是我提筆寫了那封信，卻收到很過分的回信，你嫌我噁心，還詛咒我從頂樓掉下來摔死。滿懷期待打開鞋櫃裡的回信，沒想到結果卻是這樣，我衝進學校裡最乏人問津、最暗不見天日的廁所，哭了好久好久。一照鏡子，發現自己的眼睛腫得認不出來，只好一路低著頭走回家。不過，沒過多久你就變坦率了，我們也要好了起來。

被你看到手的時候我好緊張。念小學六年級的時候，我的綽號是「雞翅」。萬一你也說這雙手是雞翅怎麼辦？我緊張得心臟撲通撲通跳。但是你沒說一句嘲笑的話，自然而然握了我的手。那時我說要去一下廁所，其實是出去又大哭了一回。從此以後，不論發生什麼事我都沒再哭過，我想是因為當時把這輩子的眼淚都哭完了。十三歲那年，我在你身上用掉了一輩子的眼淚。

原因我從那時就明白了，因為我知道，往後再也不會遇見這麼喜歡的人；知道未來不論有什麼樣的邂逅、什麼樣的離別，不論我多麼長命百歲，這種事一輩子再也沒有第二次。我就是這麼喜歡你。這份感情如今未曾稍減，也不曾增加，分量一如既往。過去、未來全部存在其中，這是我的初戀。

然後呢，接下來是後話。我的初戀後來怎麼了？我的初戀，成了我的日常。例如面對又長又陡的階梯，小心翼翼往下走的時候；例如屏息把郵票貼得方方正正的時候；例如晚上睡覺前，熄掉最後一盞燈的時候……這些時候，總會感受到你牽著我的手。搭上客運那天，我也感覺到你的手，像我的支柱，像護身符。無論你在或不在，日常生活中，我仍然時時刻刻喜歡你。

玉埜廣志

我和桂木在東名高速公路上一間休息站裡。畢竟是平日，又是這種時間，四周沒什麼人。

桂木不想下車，所以我自己一個人走進休息站，打開錢包，裡頭只有一千三百圓。剛才買了炸竹筴魚，還有「香腸麻糬」，一種在香腸外面捲上麻糬的小吃，錢包就空了。汽油也所剩無幾，看來我們下不了高速公路了。

真不好意思，能不能請妳來接我們？我們在海老名休息站。

三崎明希

好，我過去。

5

玉埜廣志

三崎：我待的這間看守所四周都是田地，種著白菜和蔥。聽說決定起訴與否還要一段時間，所以我到福利社買了紙筆，字跡潦草，請妳見諒。為了避免有心人士用來行兇，這裡販賣的原子筆只露出一點點筆芯，非常難寫。

我得先告訴妳那天發生了什麼事。我才剛把最後一封信寄給妳，馬上收到一封來自豆生田的郵件。沒想到他竟然在這種時機寄來這種信，真是個滑稽的怪人。

讀完豆生田的信，桂木走到我身邊，問我在做什麼。我說，我剛剛給三崎寫了信。他說：「我想和明希說話。」我拿起手機，撥了妳的電話，遞給桂木。桂木和妳講電話的時候，我就待在旁邊，聽見桂木喊了幾聲妳的名字，不知不覺間，只見他眼眶含淚，聽筒裡傳來妳的聲音，哼著〈雅克弟兄〉的旋律。

桂木低聲啜泣，引來周遭異樣的目光。直到警車駛來，警察問話之前，他一直哭得像個孩子。我顧不得警察來了，也顧不得自己不久前還打算殺死這男人再自殺，腦中只有妳哼唱〈雅克弟兄〉的嗓音，一再迴響，像一首搖籃曲。

可惜那時我也上了警車，沒有見到妳。啊，對了，雖然這不太重要，不過豆生田的信是這麼寫的：

「玉埜：我相信這一定是你的電子郵件信箱。你為什麼不接電話？我不知道你在生什麼氣啦，但我有急事找你，今天早上老婆硬要我簽離婚協議書，但我一點都不想離婚。我知道你是律師，我需要你幫忙，拜託你馬上跟我聯絡。」

豆生田怎麼會以為我是律師？是把我跟別人搞混了嗎？不對，讀了這封信我忍不住想，說不定我這個人就活在豆生田的誤會裡。無論如何，若不是看到這封信，我也不會讀到妳的郵件，真要感謝那個滑稽的怪人。

三崎明希

我終於見到豆生田了。

沒想到我還沒和你見面，卻先見到豆生田，而且沒想到他的五官輪廓竟然如此神似古希臘雕像。我先轉達你的感謝之意，然後告訴他：玉埜不是律師，他本來在廣告公司上班，現在人在看守所。豆生田聽了問：「咦，是我害的嗎？」我回答，應該不是。他說，「那就好。」這人真有意思。

你現在好像還無法會客，如果需要什麼、想要什麼請跟我說，我會送過去。

備註：根據報上的說法，桂木很可能被判無罪。

玉埜廣志

可以的話，我想請妳幫我送個東西。

我想看本厚木中學圖書室那本講大屠殺的厚書，當時三十二年間，只有我們兩人借過的那本書。那本書最恐怖的那一頁，夾著妳寫給我的第一封信。如果它還在，我想再讀一次。

三崎明希

給玉埜：

突然在鞋櫃裡看到這封信，你嚇到了嗎？

以為是情書嗎？

如果你這麼想，那就當它是情書吧。

這陣子，你有沒有感受到背後的視線？其實是我一直在看你。我不是坐在教室最後面靠窗的位子嗎？該怎麼說呢，我終於找到你了。你總是擺出一副世界末日的表情，總是露出全世界只剩你一個人的表情，對吧？我挺喜歡那表情的。最近入睡前，我總會想像你明天的模樣；一睜開眼睛，總想知道你今天的模樣。該怎麼說呢，我希望能助你一臂之力。

我的鞋櫃在男生的鞋櫃背面，從右邊數來第四排，上面數來第六格。位置有點低，請你把回信放到裡面。

三崎明希

玉埜廣志

我是玉埜。妳叫我回信，所以我就回了。

謝謝妳，很高興收到妳的信。

卡拉什尼科夫不倫海峽

1

田中史子

您好，我叫穗野川穗野佳。

我的興趣是上網收集色情照片。

跟不認識的陌生人商量這件事實在很不好意思，請問您有沒有興趣跟我拍攝色情照呢？

我願意支付一點酬勞，不知每次一百萬圓您意下如何？

另外，我的三圍從上到下分別是九十四、五十九、九十八。

期待您的回覆。

田中史子

恭喜您幸運中獎！

本郵件由國家國土開發中心寄發。

您是本中心由一億位民眾當中抽出的唯一幸運兒，本中心將致贈三十億圓獎金，再加碼送您鳥取縣或島根縣的所有權，恭喜您贏得絕無僅有的發財良機！

請盡速與本中心聯絡。

待田健一

我不知道你是誰，不過請教一下，你知道這叫垃圾郵件嗎？誰會上當啊？

田中史子

待田健一先生：

您好，感謝您的來信。我叫田中史子，是自由文字工作者，想與您商談採訪事宜，因此冒昧去信聯絡。主要訪談內容如下：

一、您與尊夫人幸菜女士同居時，兩人關係如何？

二、當時幸菜女士決定擔任志工，您有什麼感觸？

三、得知幸菜女士在非洲失蹤時，您的心境為何？

預計訪談時間為兩小時，希望能安排在平日白天採訪。

期待您的回覆。

待田健一

田中史子小姐：

我不接受這種採訪。恕不奉陪。

田中史子

待田健一先生：

您好，不好意思再次打擾您。
希望您再考慮一下。
一、您與尊夫人幸菜女士同居時，兩人關係如何？
二、當時幸菜女士決定擔任志工，您有什麼感觸？
三、得知幸菜女士在非洲失蹤時，您的心境為何？
此外，待田先生的待，不是時代的代，是等待的待，我沒寫錯吧？靜待佳音。

待田健一

田中史子小姐：是等待的待沒錯。
妻子的事，我只想藏在自己心裡。

田中史子

待田健一先生：

不好意思，再次去信打擾您，希望您再考慮一下。訪談所需時間約兩小時，希望安排在平日白天採訪。

此外，我手上握有尊夫人幸菜女士的重要情報。

待田健一

田中史子小姐：妳是誰？什麼重要情報？

田中史子

待田健一先生：若您願意接受訪談，我手上的情報也可以透露給您。

待田健一

約週六如何？

田中史子

先前向您提過，我希望安排在平日，約下週一如何？

待田健一

我預計週日追隨亡妻而去，沒有週一了。

田中史子

我知道了。

待田健一

知道什麼？

田中史子

先前告訴過您，我只有平日有空，看來無緣與您見面了。「知道了」

指的是我尊重您的決定。

待田健一
就約週一如何？

田中史子
我知道了。
據我所知，您住在祐天寺，不如當天下午兩點，我們約在澀谷圓山町的咖啡廳「名曲喫茶LION」見面吧。

待田健一
我是住在祐天寺沒錯，但我討厭澀谷。
自從去年東急東橫線直通副都心線開始，澀谷站簡直慘不忍睹。假如妳有親戚參與澀谷站整併工程的話，先說聲不好意思。設計那車站的一定是個白癡，害乘客繞遠路、迷失方向，本來轉乘只要兩分鐘，現在要花十五分鐘，我看車站設計主題應該是「人生沒邏輯，凡事皆徒勞」。那棟新地標「Hikarie」，說什麼名字的由來是「迎向光明」，我看一點都不光明，根本是「迎向黑暗」。

我今天才剛去澀谷買萊姆，碰了一鼻子灰，累得上氣不接下氣。我恨透澀谷了，約其他地方吧。

田中史子

待田先生：不好意思，您剛才那封信變成亂碼了，無法閱讀。

能不能麻煩您再寄一次？

待田健一

內容也沒重要到需要重寄一次。簡單說，我不喜歡人多的地方，我們不必約在澀谷站，約妳住處附近的車站就可以了。我現在累得喘不過氣。

田中史子

待田先生：這次正常了。

離我家最近的車站是練馬的「小竹向原」，搭乘副都心線不必轉車，即可直達澀谷，東橫線直通副都心線之後真是方便多了。那依照原定計畫，週一下午兩點，我在澀谷圓山町的「名曲喫茶LION」等您。那家店隨時有空位，請您放心。

待田健一

今天我出門買萊姆，先到祐天寺的東急超市，缺貨。學藝大學站也有東急超市，只是和祐天寺那間規模差不多，所以我直接前往中目黑的東急超市，還是缺貨。後來我索性跑到澀谷買，結果一樣缺貨。

以前也發生過同樣的事。那天下班，妻子打電話給我，說她晚餐想煮香煎嫩雞佐萊姆醬，但家裡沒有萊姆。我大老遠跑到澀谷去買，結果缺貨，只好空手而歸；一回家，妻子告訴我：「我想去非洲，當掃雷志工。」

我妻子啟程前往非洲，從此再也沒回來過，至今下落不明。

最近，我開始相信幸菜已經死了。也許是我作好了赴死的心理準備，才終於接受妻子已經不在的事實。那天沒買到萊姆是我唯一的遺憾，妻子原本要烹調的冷凍雞肉，現在還冰在冷凍庫裡。

我不想去澀谷，不如讓我追隨妻子而去吧。不奉陪了。

田中史子

待田先生：請你用圖片搜尋，查詢「墨西哥 毒品戰爭」。

待田健一

我搜了，這什麼？妳是什麼意思？看了很不舒服。

田中史子

說來話長。

墨西哥有一種音樂叫「毒梟民歌」，「毒梟」指的是墨西哥的毒品走私集團，「毒梟民歌」是他們傳唱的歌謠，歌詞大多與吸毒、毒品交易有關，因此墨西哥政府禁止酒吧、餐廳演奏這類歌曲。

由於地緣因素，墨西哥成為毒品轉運地，華雷斯集團、蒂華納集團、洛斯哲塔斯、巴爾特蘭雷瓦等販毒幫派的衝突也日漸激化。先前請您搜尋的圖片，畫面上第一張應該是掉在路邊的人頭，第二張是吊在樹上的軀幹，第三張是切塊並排的手腳，第四張是裝在紙箱裡寄給家屬的手腕和腳踝，諸如此類。近幾年，墨西哥已有超過四萬人遭到殺害。

今年一月十二日，在墨西哥西部的米卻肯州，數百名自衛隊成員與販毒幫派展開槍戰，導致運輸停擺。米卻肯州是萊姆的主要產地，因此全球各地萊姆都供不應求。

我丈夫曾說：世界某處發生的問題，同樣可能發生在日本，這是最好的證明，墨西哥的問題波及了日本的餐桌。

待田先生，萊姆缺貨的根本原因是墨西哥毒品戰爭，不是東急東橫線的澀谷站。週一，我在澀谷圓山町的「名曲喫茶LION」等你。

待田健一

我知道了。雖然不明就裡，我還是先聽了妳的情報再死吧。可是剛才看了那種圖片，我根本睡不著。

田中史子

請上YouTube搜尋「刺蝟 泡澡」。

待田健一

搜尋了，好可愛，看完好想養刺蝟，想幫牠洗澡。感覺睡得著了，週一見。

田中史子

待田先生：週一到了，我們約今天下午兩點見面，提醒您赴約。

待田健一

田中小姐：我到LION咖啡廳了，您坐哪個位子？我坐在右側靠裡面的書架附近，穿一件藏青色外套，有點上氣不接下氣。

待田健一

田中小姐：我認不出哪個客人是妳，喊我一聲好嗎？我穿著藏青色外套，正在吃香草冰淇淋。

待田健一

田中小姐：香草冰淇淋吃完了，我在店裡等妳。

待田健一

田中小姐，妳還沒到嗎？

田中史子

待田先生：我已經回去了。

田中史子

待田先生：今天下午真是抱歉。

我提早三十分鐘到店裡等您，卻發現一位姓大山的週刊記者坐在店裡。被他看到我們兩人獨處恐怕會有麻煩，我只好先打道回府。

待田健一

為什麼週刊記者在場會有麻煩？妳是誰？到底知道我妻子的什麼？

田中史子

給您造成困擾非常抱歉，我不會再與您聯絡了，請您忘了這回事。

待田健一

我有個認識很久的朋友叫豆生田，他不但姓氏奇特，還是個怪人，特技是吃飯配炒飯。他有個惱人的習慣，總是突然想起什麼似地說，「啊，對了！」問他怎麼了，卻回答「沒事」。有時候又驚呼，「啊，糟糕！」問他怎麼了，又說「沒事」。「那個……」「什麼？」「沒事。」他老是這樣。妳想想看，假如走進星巴克，聽到店員說：「您好，本日推薦是……啊，沒事。」不是很想改喝羅多倫咖啡嗎？要是內閣祕書長話只講一半，「這次領袖會談的成果是……啊，沒事。」支持率也會下降啊！

妳現在的行徑就是這樣，妳是豆生田家的人嗎？是豆生田太太喔？

田中史子

待田先生：我丈夫不姓豆生田。

待田健一

田中小姐：我知道，我的意思是妳話說一半很煩，拜託妳稍微動點腦筋好嗎？

田中史子

馬上就要自殺的人，在星巴克聽見店員說句「沒事」，有什麼好煩的？要我動什麼腦？

聽好了，話說到一半又打消念頭，背後總有原因。你走進澀谷宇田川町的東急手創館，從三樓爬到四樓，環視賣場：「咦，怎麼沒賣我要的東西？」頓時氣得火冒三丈。但事情並非如此，東急手創館的三樓和四樓中間，還分成3B樓、3C樓。同樣道理，人把話說到一半又算了，其間也有3B樓、3C樓，只是你沒看見。只要你還看不見中間的樓層，所有人都會不斷對你說：「那個……沒事。」

待田健一

這段話講的是我和妻子的事嗎？

田中史子

待田先生：我真羨慕你。

田中小姐：現在是週五晚上。

雖然不知道妳是誰，但我至少該留下自己知道的訊息，所以決定寫下這封信，妳拿到媒體上發表無妨。這也是我的遺書，文章會稍微長一些。

待田健一

妻子告訴我：「我想去非洲，當掃雷志工。」當時我聽見「非洲」這個詞，只聯想到代代木公園的泰國嘉年華會，還以為是哪個公園的活動。妻子不厭其煩地解釋給我聽。

幾個月前，她準備參加同學會，到表參道一間美髮沙龍做頭髮。塗上染髮劑後必須等待四十分鐘上色，她便順手拿起一本雜誌。之所以挑了這本中年男性看的週刊，是因為封面上的演員在她那陣子愛看的電視劇中飾演女主角。一翻開封面，馬上看見一篇報導：九歲小女孩誤踩地雷慘死。地面炸出一個大洞，地上散著水罐碎片，女孩的血漬染在地上。美髮師幫她擦掉流到脖子上的染劑。結帳時，美髮師說：「同學會加油哦！」「是要加什麼油啦。」她笑著回嘴，走出店門沒多久，和一個揹書包的小女生擦肩而過。一個念頭掠過腦海，她於是回過頭去，正好看見小女生走到人孔蓋上。剛才，她下意識繞過了那塊寫著「東京都下水道」的人孔蓋。「咦？我剛剛為什麼要繞過它？」意識到背後原因的瞬間，她頓時驚叫出聲，當場蹲坐在地。

這件事沒有立刻改變什麼，只是我妻子不去同學會了，開始廣泛閱讀非洲與對人地雷的相關書籍；她開始一面告訴我學草裙舞的事，一面參加非政府組織的掃雷志工研習。

「健一，」妻子告訴我，「這世上存在無謂的死亡，只要有無辜的人在某處喪命，我們的心也會跟著死去。」

我想她一定是壓力太大了，於是搬出那天同事之間的話題，想讓妻子放鬆心情：「杉浦孝昭和杉浦克昭雖然是雙胞胎藝人，但聽說他們隸屬不同經紀公司耶。」

「對不起，健一。」妻子的表情溫柔平靜。「我想你不會懂的，沒關係。我剛剛一邊說，就知道你不會懂的。對不起，我走了。」她語調沉靜，像輕手輕腳關上門，不打擾睡著的人。

兩個月後，某天午休，我在食堂吃醬煮鰈魚定食的時候，接到外交部的電話：「您太太待田幸菜女士，在安哥拉共和國與剛果民主共和國交界處遭遇武裝集團攻擊，被手持自動步槍的少年兵擊中。當地捲入稀有金屬爭端，情況十分混亂，待田幸菜女士失蹤至今已經過了五十二小時。」

就這樣過了一年，冷凍雞肉不曾解凍，還躺在冷凍庫裡沉眠。我每天尋找萊姆，回想妻子說過的話。「我想你不會懂的。」沒錯，我不懂，那想必是東急手創館3B樓或3C樓才有賣的東西。

寫了這麼多，不好意思。我要出發到幸菜身邊去了。

田中史子

待田先生：

先前我撒了謊，其實我不是自由文字工作者。真要說起來，我是辜負所託協會會長。當然，我也沒有在媒體上公開文章的門路，要是你現在死了，這封遺書就白費了。

待田健一

妳到底知道什麼消息？

田中史子
正好相反，是你什麼也不知道。
待田健一
我不知道什麼？
田中史子
你知道擊中你太太的少年兵是誰嗎？你知道那少年兵手上拿什麼槍嗎？

他拿的是AK47，又名「卡拉什尼科夫」的自動步槍，一九四七年由舊蘇聯的米哈伊爾．卡拉什尼科夫所開發。這把槍誕生至今過了快七十年，現在仍十分普及，實在驚人。還有比它更歷久不衰的產品嗎？冰箱、電話、原子筆都隨時代演進，AK47依舊是AK47。它是史上殺了最多人的兵器，約有一億把在世界各地流通。結構簡單，造價便宜，堅固耐用，平均價格三萬圓，中國製品售價僅七千圓。我在YouTube搜到一部影片，士兵為了好玩，把AK47放到黑猩猩手上，結果黑猩猩樂得開槍連射。這把槍連猴子都會用，從這層意義上而言，是最適合孩子使用的槍，無數少年少女因此成了獨當一面的戰士。

待田健一

妳說的都是搜尋結果嗎？

失去妻子時，全日本的目光集中到我身上，根據輿論的說法，我們是一對感情很好的夫妻。我心想，究竟是誰看到的？我和妻子之間的關係可搜尋不到。

我和妻子每年都一起回新潟的娘家過年，回東京那天，總會順路到同一家店吃醬汁豬排蓋飯。白飯上盛著偏薄的腰內豬排與高麗菜絲，再淋上甘甜醬汁。填飽了胃袋，我們搭乘上越新幹線返回東京。「今年的豬排飯也好好吃！」「明年一定也很好吃。」這些事搜尋得到嗎？

妳就一輩子去搜尋吧，別再寄信給我了。

田中史子

我是家庭主婦，不是自由文字工作者，不是上網收集色情照的女生，也不是國家國土開發中心的員工，從來不曾正式就業。

我丈夫名叫田中洋貴，在外面有很多女人。我沒出過國，丈夫總會把世界各地發生的事說給我聽。他要我別用化妝品和洗髮精，因為這些東西都經過動物實驗；他說世界上用手吃飯的人，比用餐具的人還多。第一次約會的時候，我們兩人一起用手吃義大利麵。「妳什麼都不知道。」聽他這麼說我總是很高興，有什麼不懂的事，就等丈夫回來，即使是三天、四天我都等。

他本來在地毯進口公司工作，後來自立門戶，但公司財政赤字不斷，我開始到便當店打工。丈夫開始說：「妳身上油煙味好臭。」噴香水就等於是虐待動物了，所以我用肥皂仔細清洗身體，但丈夫還是再也不碰我了。我想，畢竟他在外面有女人，這也沒辦法。

丈夫在摩洛哥失蹤時，我連他出國了都不知道。接到公司的電話，我只得盡力隱瞞。可不能讓人知道丈夫已經很長一段時間沒回家了，不能讓人知道他說我身上有油臭味。他們要我提供照片以便尋人，於是我給了他們好幾年前夫妻倆挽著手臂、面帶笑容的照片。我找出以前抄下來的手機號碼，一一打給那些女人，她們全都還在日本。我鬆了一口氣，到便利商店買了洗髮精，衣服也不脫就開始洗頭，把一整瓶洗髮精全用掉了。這大約是一年前的事。

丈夫再也沒有回來，於是我學會自己上網搜尋。墨西哥發生毒品戰爭，東急超市便沒了萊姆；安哥拉的地雷爆炸，我便開始用洗髮精洗頭。

寫了這麼多，現在進入正題。待田先生，你太太還活著，她和我丈夫一起在非洲生活。

靜待回覆。

待田健一

田中小姐：我明天會到澀谷圓山町的「名曲喫茶LION」，方便跟妳見面嗎？

田中史子

待田先生：我正想這麼提議。別約在LION咖啡廳，我們直接在旅館見面吧。

待田健一

旅館？什麼意思？

田中史子

我丈夫跟你太太還在日本的時候，偷偷幽會的旅館，就在圓山町。

待田健一

好，哪一間旅館？

田中史子

「聖堂旅館」，請你入住三〇一號房。

2

待田健一

田中小姐早。

昨天謝謝妳，妳本人和信中的印象有段差距，總覺得有點意外。

關於妳昨天給我看的照片，妳聽過PhotoShop嗎？用這個軟體可以輕易做出假照片，那些照片大概絕對也是這樣捏造的。我想仔細調查一下，能不能請妳把照片檔案寄給我？

田中史子

待田先生早。

後來我沒趕上末班電車，在保齡球館過夜，徹夜看了一整晚的保齡球。

你本來對我有什麼印象？

待田健一

真抱歉，我本來以為妳是更恐怖、態度更強勢的人。

昨天的照片能不能用附加檔案寄給我？

田中史子

恐怖又態度強勢的人，像寫詩的不良少年那種感覺嗎？

待田健一

不是，我只是以為妳是那種難搞的麻煩人物。真對不起，我其實也沒資格說妳。妳知道怎麼附加檔案嗎？

田中史子

難搞的麻煩人物，像是私底下每週追著樂團巡迴全國各地，卻在人前說自己興趣是攝影的那種人嗎？

你本人的形象倒是跟我想像中沒什麼出入，硬要說的話，應該只有你穿條紋衣服這件事有點出乎意料。

待田健一

穿條紋不行嗎？

照片再麻煩妳了。

田中史子

萬一我也穿條紋衣的話，你打算怎麼辦？你沒想過嗎，萬一和人有約，結果見了面發現對方也穿條紋衣怎麼辦？萬一穿著條紋衣去喝酒，結果在場所有人都穿條紋衣怎麼辦？

還有，你沒進旅館，更改了見面地點，是不是還沒作好心理準備？你說那照片大概絕對是捏造的，大概絕對是什麼意思？是大概？還是絕對？

待田健一

田中小姐晚安，我剛下班回家。

我確實去了那間旅館，走上道玄坂，穿過百軒店的拱門，經過喜樂拉麵，沿著風俗導覽所林立的斜坡道走到底，在稻荷神社前左轉，看見第一個轉角右轉，再稍微走下坡。一棟白瓷磚外牆的建築物映入眼簾，淺粉色底的招牌畫著黑色標誌：「聖堂旅館」，以大教堂為名的旅館。我確實走到這裡，在門口停下腳步。但是我們各有配偶，基於倫理考量，再加上妳有可能是詐騙人士，我決定在外等候。雖然現在已經見過面，我不懷疑妳的動機，但還是無法排除妳遭人欺騙的可能性。

請把照片寄給我，我妻子和妳先生的合照，兩張都要寄。

田中史子

我寄了。

第一張是去年在「聖堂旅館」三〇一號房拍的照片。

第二張是今年在非洲拍的照片。

待田健一

田中小姐：不好意思，這麼晚才回信。

我找專業人士分析過妳先前寄來的照片，對方表示兩張照片都沒有數位加工的痕跡。

老實說，我有點不知所措，現在我妻子和妳先生真的一起待在非洲嗎？

田中史子

是的，絕對沒錯。

待田健一
他們真的從還在日本的時候開始，就在那間旅館見面？
田中史子
是的，絕對沒錯。
待田健一
以男女之間的關係幽會？
田中史子
是的，絕對沒錯。
待田健一
他們會不會有什麼不得已的理由，才拍下容易招致誤會的照片？

田中史子

有問題請你一次問完。

我丈夫和你太太的確發生了性關係，每次在那間旅館的三〇一號房見面，他們都一起沖澡，上同一張床，肢體交纏，緊緊相擁，我丈夫在你太太體內射精了無數次、無數次。

待田健一

妳跟我說這些做什麼？

田中史子

我有問題想請教你。

你最後一次跟太太上床是什麼時候？是否覺得她的習慣與以往不同？

太太有沒有拒絕跟你上床？她對體位之類的偏好是不是有所改變？

待田健一

妳這些問題讓人很不舒服。

田中史子

我有同感。但是，你的床伴也是我丈夫的床伴，我的床伴也是你太太的床伴。為了了解他們兩人，我們必須彼此交換情報。

待田健一

我今天好累，要去睡了，晚安。

田中史子

我知道了。

待田健一

「知道了」是知道什麼？

我看妳有耽於妄想的傾向，一定是被誰給騙了。沉溺在妄想之中，輕易相信負面消息，真是愚昧。說得直白點，妳是白癡嗎？

田中史子

待田先生：前幾天寄信的時候，我故意把待田的「待」寫成「侍」，你發現了嗎？

待田健一

妳故意惹我生氣是什麼意思？我已經生氣了，我重新看了一次，根本沒有寫成「侍」。

照片一定是假的，我不相信妳。

田中史子

我從不覺得是假的。我深信丈夫跟女人一起跑了，這一年間持續追查這件事。

我和丈夫的朋友見面，趁對方去洗手間的空檔偷看他們的手機；我也和丈夫來往過的幾個女人見了面，一起吃午餐，偷看她們的手機。到了晚上，我一個勁地上網搜了又搜，看遍了所有推特、臉書分身帳號，四處尋找線索。我也參加了掃雷志工研習會，「一共有七千萬個地雷，要花一千年才能全數清除……」，我邊聽，邊偷看別人的手機。丈夫的公司電腦被賣到二手商店，我把它買回來，透過資料救援業者弄到他的Gmail帳號密碼，從此追查過程更是無往不利。我到圓山町的愛情旅館街，一家一家比對出他們幽會的房間；你在三〇一號房門前折返，我卻推開了那道房門。房間約九坪大，牆壁、地板上的民族風木紋，都是廉價壁紙貼出來的。房裡沒有窗戶，擺著菸灰缸和打火機，雙人床頭設有燈光控制面板，備有衛生紙、保險套。浴室燈光可切換三種模式，設有按摩浴缸。我用他們兩人泡過的浴缸泡澡，在那房裡過了一夜，出聲念著「該死、該死、該死」。

你看到的照片，是我一年來的調查心血。這段時間，在你一無所知，癡癡等待太太回家，顧著糾結一些無聊小事，抱怨買不到萊姆的時候，我四處偷看別人手機，騙盡了善人，在愛情旅館街四處奔走，最後弄到手的，正是那兩張相片。

待田健一

田中史子小姐：好久沒跟妳聯絡了。

昨晚，我等到晚上七點，打了通電話給豆生田，就是先前跟妳提過的那個朋友。從學生時代開始，一到星期日傍晚他總是坐立難安，必定在六點半前準時回家收看《海螺小姐》。豆生田深信海螺小姐的髮型是個伏筆，為了真相大白的那一天，他每週持續收看《海螺小姐》，一集都沒漏。我想找這個有點少根筋的人商量一下，於是向他坦白：「其實我妻子好像還活著，而且說不定還劈腿了。」他說：「對象不是我哦。」豆生田真是不負期待的男人。他接著說：「當然會劈腿啊。你看，你叫待田是吧，你看起來好像認識我，但我不記得你啊。沒有記憶點的人被劈腿也是理所當然，跟這種男人結婚就像懲罰遊戲，怎麼可能不劈腿，當然像定置網捕魚一樣，一個接著一個劈啊。」

妻子出發前問過我：「健一，你為什麼對自己的工作從來沒有疑問？」我在區公所土木課工作，負責整修公園。大部分整修工程都是為了調整預算而實施，年度接近尾聲，我們便會封起公園，施工兩個月。施工前、施工後，公園的風景大同小異，畢竟施工目的是調整預算，沒必要改變景觀。我對這份工作有沒有疑問？我想是有的。說起來，跟我結婚也許真是場懲罰遊戲。

田中小姐，對不起。我很早就明白那兩張照片如假包換，也不懷疑妳告訴我的消息，這一年真的辛苦妳了。現在，我終於也面對了妳眼前的現實，我們被遺棄了。問題是，現在該怎麼辦？

田中史子

待田健一先生：感謝回覆。

我正在公園吃關東煮便當。獨居生活有一點與以往不同，那就是我的晚餐開始兼做隔天的早、午餐；早上吃前一天晚餐剩下的飯菜，吃不完就裝進便當盒當午餐吃。今天午餐吃關東煮便當。我最喜歡關東煮的湯汁了，湯汁越過便當盒隔間，一部分白飯泡在湯裡，非常美味。

剛才收到你的信，於是我暫且放下筷子，滿懷期待打開郵件。也許你聽了難免感到意外，不過這陣子，我一直期待收到你的信。

豆生田這人真有意思。我讀完信，回想這一年的種種。這一年來，我帶著扭曲的表情，逮到機會就四處偷看別人手機，終於找到了一個答案；但最後剩下的，只有妒火中燒、卑鄙下賤的自己。

沒錯，現在該怎麼辦？你說得沒錯，我和你取得聯絡，正是想問這個問題，想和另一個被遺棄的人商討對策。

待田健一

我剛回到家。

其實，我好像也有點期待收到妳的信。

泡了湯汁的白飯聽起來真好吃，我明明剛吃過晚飯，卻這麼快就餓了。

田中小姐，我們再見個面吧？不過別談那兩人的事，現在我們再煩惱也沒用，答案不會立刻浮現，我們需要一點時間。比如說，和朋友看場電影，隨口聊聊感想，這才是我們最需要的。

妳覺得如何？

田中史子

聽起來不錯，我很久沒看電影了。但是我們各有配偶，兩個人單獨看電影好像不太恰當。

待田健一

說得也是，畢竟妳有先生，我也有太太了。

不然這樣好了，我們分開去。在同一天、不同地點，看同一部電影，當天晚上寫信告訴對方感想。

不如就看《冰雪奇緣》吧？

田中史子

這提議真不錯，就去看電影吧。

沒問題，就看《冰雪奇緣》，我們各自看，也一起看。

待田健一

我到家了，電影真好看。我下載了原聲帶，不斷反覆播放。

田中史子

電影真好看，我現在也邊寫信邊聽原聲帶，其實剛剛還獨自跳了一下舞。

待田健一

這還真有趣，我們下禮拜也這樣約吧。

田中史子

我想去動物園。

待田健一

好，那我去橫濱Zoorasia動物園。

田中史子

我去上野動物園。

待田健一

這還是我長大之後第一次去動物園。

至於下次的行程，池袋的百貨公司好像在舉辦車站便當祭，這次地點相同，我們要不要把時間錯開？

田中史子

鱈場蟹三昧便當好好吃，不過我心目中的第一名還是金色海膽飯便當。

待田先生，我們接下來去哪裡？

待田健一

落合博滿棒球紀念館如何？休賽季的時候，聽說落合一家人偶爾也會住在那裡，成人入場費用兩千圓。

田中史子

聽起來不錯，就去那裡吧。

待田健一

對不起，我是開玩笑的，落合博滿棒球紀念館遠在和歌山縣。我們下次參加一些藝術相關活動好了。

田中史子

世界挖耳勺展逛起來真有意思。

待田健一
只有挖耳勺並排在玻璃櫃裡，有點太單調了。
接下來到「港未來」一帶如何？
田中史子
搭摩天輪？
待田健一
一個人搭摩天輪很奇怪嗎？
田中史子
我們努力看看。

待田健一

努力搭上摩天輪了，雖然工作人員顯得有點訝異，我還是光明正大一個人坐了上去。

田中史子

我好像在摩天輪上看見你了，你是不是穿著《奇天烈大百科》的可羅T恤？

待田健一

那不是我，我不會穿可羅T恤。

田中史子

我稍微追了一下，但後來跟丟了。

待田健一
妳可以直接傳訊息給我啊。

田中史子
這樣好像不太符合我們說好的規矩。

待田健一
說得也是，好像不太符合規矩。
接下來要去哪裡？

田中史子
山手線繞行一周之旅如何？我們各自搭上順時針、逆時針方向的列車，在上野站附近擦肩而過之類的。

待田健一

現在是深夜一點。真抱歉，我吃完晚餐喝了一口罐裝啤酒，直接在沙發上睡著了。

都這把年紀了，我竟然作了惡夢，夢見自己被火柴人團團包圍，他們的手腳都是樹枝做的。我還驚魂未定。

田中史子

待田先生，我雖然深感同情，但這種時間說這個，豈不是連我都會夢到火柴人了？請多告訴我一些細節。

待田健一

說來話長，方便打電話給妳嗎？

田中史子
還是寫信好。

待田健一
對不起。

田中史子
不會不會。

待田健一
我想起好多事，有點無精打采，現在不知怎地直接趴在地上，一邊打滾一邊寫信。

田中史子

沒關係，設定上我也有點無精打采。順帶一提，我現在也躺在地上滾來滾去。

待田健一

原來妳也是這種設定？地上滾來滾去。

田中史子

我也覺得這樣不太好。地上滾來滾去。

待田健一

不想打起精神的時候也不必勉強，畢竟人生沒有竹內瑪莉亞想得那麼美好。

田中史子
竹內瑪莉亞是哪位？
待田健一
是歌手，山下達郎的太太。我不太熟，不過妻子常在卡拉ＯＫ唱她的歌。
田中史子
我丈夫常聽山下達郎的歌，原來他們是夫妻啊。
待田健一
已經當很久的夫妻了，我看大概也沒有劈腿吧。

田中史子

待田先生，你沒有劈過腿嗎？

哎呀糟糕，已經兩點了，雖然我明天休假。

待田健一

我也休假。我想都沒想過要劈腿，我不擅長做這種事。

那妳呢？一直被先生劈腿，沒想過以牙還牙嗎？

田中史子

那時候是因為我很喜歡他。當然，現在也喜歡啦。

待田健一

這樣啊。

田中史子
我差不多該睡了。

待田健一
妳先生技術好嗎？

田中史子
技術？

待田健一
床上技術好嗎？

田中史子
已經超過兩點囉，晚安。

待田健一

被我單方面當成朋友的豆生田曾說：人心最難以控制的是嫉妒和自尊，但人沒了它們什麼也做不來，因為這同時也是我們賴以維生的食糧。我想知道妳先生，田中洋貴是什麼樣的男人。田中小姐，妳對待田幸菜不好奇嗎？

田中史子

你太太技術好嗎？

待田健一

技術不錯。

田中史子

我丈夫技術也不錯。

待田健一
妳先生的興趣是？
田中史子
看書吧？他常到御茶之水的丸善書店買外文書。
你太太的興趣是？
待田健一
練瑜伽。
妳先生有什麼拿手特技？
田中史子
路邊停車。
你太太的特長呢？

待田健一
她寫字很漂亮。
妳先生不擅長做什麼？

田中史子
收拾善後。
你太太的弱點呢？

待田健一
她怕燙。
妳先生喜歡什麼顏色？

田中史子
紅色。

你太太喜歡什麼顏色？

待田健一

水藍色。

妳先生喜歡吃什麼？

田中史子

豆苗。

你太太喜歡吃什麼？

待田健一

豆苗。

有件事我總是想不明白。我和妻子一開始相遇的時候，一定打過招呼，彼此道過初次見面、你好。那為什麼分別時連一句招呼都沒打？我有話要跟你說，你這一點和那一點我看不順眼。填寫離婚協議書，蓋章，到區公所辦理離婚，互道再見。道別如此簡單，我們為什麼做不到？

田中史子
要是她叫你蓋章，你會蓋嗎？

待田健一
應該會蓋吧。

田中史子
也許她覺得你無論如何都會蓋章，所以省略中間的手續也無妨？

待田健一
省略嗎？這詞的確比「分別」更適合形容我和妻子關係的結束。

田中史子

對不起。

老實說，不論是像現在這樣寫信給你，還是去了什麼地方，我心裡想的全是丈夫的事，其實一點散心的效果也沒有。

待田健一

我也一樣，老是想著妻子的事。

一切恍如昨日，好像我昨天才與妻子相擁，她昨天才剛離我而去。

田中史子

婚事定下來的時候，親朋好友來向我道賀。我生性如此，大家相談甚歡、氣氛正熱絡的時候，我總在一旁默默撈掉火鍋湯裡的雜質，或是向店員點餐。那一天，看見我的舉動，大家都說：真不懂那麼有個性的男人怎麼會喜歡上妳。

丈夫曾問我，「妳為什麼不思考，為什麼不追求新知？無知的人只能在握有知識的人腳下成為奴隸。」

聽說某個國家清除地雷時會野放兔子，運用某些技術，讓邁步奔跑的兔子替人觸發地雷。我覺得那樣真好，真想那樣跳呀跳地踩下地雷，然後成為哪個人口中一個饒富趣味的話題。

待田健一

得知幸菜中彈那天，我腦中只有一個想法：妳一定要活下來，不管怎樣都好，一定要活下來。一直以來，我只有這麼一個願望。現在，這願望實現了。我知道願望不會輕易實現，這是奇蹟，我應該感到高興；但我現在卻介意妻子外遇，想知道她的外遇對象技術好不好。

得知妻子還活著，我卻無法感到高興，是因為我自慚形穢。妻子本來是家庭主婦，卻開始從事有社會意義的工作，找到志趣相投的伴侶；相較之下，我為了調整預算，反覆施作無謂的工程，只說得出「出軌真過分、出軌真下賤」這種理所當然的話，真是可恥。再也無法跟幸菜親熱了嗎？我注意到自己真正的心聲，更是羞愧萬分。

晚安。

田中史子

晚安。

待田健一

田中小姐，早安。

今天早上我嫌麻煩，週一就把週二才能丟的廚餘拿出去丟了。

我正在施工現場作溜滑梯安全檢查，年紀老大不小的成年人一個個都在溜滑梯。

田中史子

待田先生，早安。

新口味「夏季野菜便當」今天開賣，店裡忙得不可開交。

剛才我在店裡最忙碌的時候偷溜出去，打了人生第一次的小鋼珠。

待田健一

田中小姐，晚安。

真巧，我也沒請假就早退了。

搭電車回家路上，我故意站在電扶梯右側擋住行人，還插隊。

田中史子

待田先生，晚安。

剛才收音機傳來竹內瑪莉亞的歌聲，我在心裡咒他們夫妻離婚。

待田健一

田中小姐，早安。

我打電話給公休的整骨師傅，跟他說我肩膀實在很痛，硬是拜託他讓我預約，但我預約完沒去整骨，反而跑去看電影。電影開播前，我用四周觀眾都聽得到的音量說出兇手的名字。還有，上司警告我不許擅自缺勤的時候，我遞了辭呈。

田中史子

真巧，我今天也辭掉了便當店的工作，還把店面後頭我自己栽培的花壇全都踩爛了。

待田健一

田中小姐：我剛回家，總覺得好累，先睡了。

田中史子

我也好累，晚安。

待田健一

妳還醒著嗎？

田中史子

還醒著。

待田健一

我們兩個要不要一起睡睡看？

田中史子

說得也是，自從副都心線通車以後，從小竹向原到澀谷的路程便利不少。

待田健一

明天，我在聖堂旅館三〇一號房等妳。

3

待田健一

「圓山」正如其名，是座小山丘。圓山町最早興起於江戶時代，當時這裡是大山街道的宿場町，盛極一時。明治十八年，澀谷站啟用，帶動往世田谷方向的人潮。明治二十年左右，第一間藝伎屋開張，圓山町於是成了花街。明治四十年，東急電鐵玉川線「道玄坂上」到「三軒茶屋」段通車。名曲喫茶LION於昭和元年創業，酒吧、食堂、澀谷KINEMA等電影院在圓山町如雨後春筍般林立，形成連通澀谷、道玄坂、百軒店的鬧區。到了一九六七年，圓山町開始面臨改變。起初是東急電鐵第二代社長五島昇開設了東急百貨本店，重新設計位居谷底的澀谷，改變人潮流向。一九六八年，西武百貨澀谷店緊接著開張，又將人潮吸引到閒散的宇田川町。澀谷捲入東急、西武兩大集團的開發競賽，圓山町在其間逐漸衰退。一九七三年，澀谷PARCO開張，區域重心一口氣轉移到中央街、公園通一帶。料亭和藝伎屋已從圓山町銷聲匿跡，但這裡出現了新的救世主：風俗店以及愛情旅館，於是形成圓山町現今的風貌。

田中史子

給田中洋貴：

你記得我嗎？我是你從前的妻子。不知道這封信該寄到哪裡，但是對我來說，現在有必要提筆寫下這封信。

今天我和其他男人上了賓館，是圓山町的聖堂旅館。

我先進了房間，過五分鐘，電話響起，櫃台告訴我另一位客人到了。他走進房間，垂著眼簾向我點頭說「妳好」，我也點點頭，說了聲「你好」。我們沒有沖澡，就這樣刷、刷、刷脫下內衣褲。對我們而言，對方是誰都無所謂，也不想知道對方的身分。

待田健一

給待田幸菜：

今天，我和一個女人上了床。她褪下內衣的裸體十分美麗，也許是緊張的關係，我流了好多汗，她也流著汗，「不好意思，全身是汗，黏答答的。」「啊，哪裡，我才是，不好意思。」我們就這麼雙雙躺到床上。空調的遙控器找不到，房裡有點熱，不過一絲不掛的肌膚彼此重合的時候，從她身上傳來些微冰涼的觸感。

田中史子

我們擁著彼此的身體，看著天花板。過一會兒，睡意突然襲來，我差點閉上眼睛。「啊，妳睡吧。」他說。「啊，我睡著的時候你也可以摸，別客氣。」「啊，不用，沒關係。」他看起來也有點想睡。我們倆就這麼睡著了，直到櫃台打電話通知才醒來，除了肌膚重合以外的事什麼也沒做。

準備離開時，我走進洗手間，看見他拿踏腳墊在擦臉，忍不住脫口而出，「你等一下，那是……」兩個人相視大笑，走出房間。

待田健一

到一樓大廳退還鑰匙，坐在毛玻璃另一頭的人給了我們一張集點卡。走出旅館，我們倆一起走上圓山町有坡度的窄巷。外頭正是夕暮時分，錯肩而過的行人無數，我和她大剌剌走在路上，毫不遮掩。

「有機會再來吧。」「好啊，既然都拿了集點卡，不如來累積印章吧。」「印章可以換什麼？」「集十個好像可以換免費券。」「十個？聽起來好像做愛可以用一個、兩個、三個來數一樣。」她掩嘴笑著說道。

田中史子

給田中洋貴：

繼昨天之後，我又去了聖堂旅館。今天待田先生買了西瓜來，故意在地上把西瓜砸開。一咬下去果汁四溢，沾得手指、衣服、床上都是，我們把彼此的手指舔舐乾淨。

今天他幫我脫內衣褲，我也幫他褪下內褲。鑽進被窩，他的手環到我腰上，我不由得抖了一下，於是他又將手收了回去。我再次把身體轉向他，示意他不必客氣。會被奪走嗎？我想，我是故意要被他奪走的。

對你的某種罪惡感逐漸湧現，那是我一直想要的感覺。我心想，再多給我一點。他撫遍我全身，每次感受到他的熱度、他的吐息，身體便隨之顫抖。再多給我一點。我也伸手碰他，撫摸他，感受他的愛撫；愛撫他，感受他的觸碰。我碎成千片萬片，又拼湊回原狀；又碎成千片萬片，再拼湊回原狀。我心想，再多給我一點。就這樣，我漸漸被奪去。

待田健一

給待田幸菜：

登記住進這房間的只有我和她兩人，但我想當下有四個人在場；不必說，這四個人正是我和她、我的妻子、她的丈夫。

我一面撫摸她的身體，不斷回望沙發的方向。你們就坐在那裡，好好看著我們吧；你們在非洲清除地雷的期間，我們在圓山町做這檔事，你們看清楚了。我撫摸她，感受她的愛撫；愛撫她，感受她的撫觸，唇瓣與舌尖舔過各處。

今天我仍未進入她體內，像搭摩天輪時一樣，總覺得做到最後好像違反了我們的規矩。有你們在一旁看著，只是感受到你們的視線，我就射在床單上了。

她抽了枕邊的衛生紙替我擦拭，我準備穿起內褲的時候，她過來幫我穿好內褲和襪子。

田中史子

他幫我穿好內衣褲、穿上衣服，為我扣好每一顆鈕釦。

自從你消失以來，「隨時可以死去」的想法成了我唯一的希望。但我沒有死，我和他上床取代死亡；將手伸進他兩腿之間的時候，我想，我隨時可以接受這東西侵入。現在那是我的自由，也是希望。

待田健一

我和她一個一個收集印章，期待集滿十個印章，換到免費券的那天。到那個時候，也許做到最後也無妨。

田中史子

待田先生早，你在福岡過得如何？

待田健一

田中小姐早，這邊天氣不錯。我昨晚和當地後援會的人一起吃了水炊鍋。現在正在飯店的休息室吃早餐，準備前往會場。

演講下午開始，講題是「妻子為我留下的志工夢與理想」。
演講報酬六十萬圓。
今年已經全部排滿了演講行程，和經紀公司的人聊天時，他們提醒我注意節稅問題。

田中史子

終於到了我第一天上班的時候。
昨天花兩個小時挑的套裝，現在怎麼看都覺得不合身，穿在我身上簡直像角色扮演的戲服。
人力派遣公司的負責人交代我們，到公司要察言觀色，三天內掌握部門的人際關係，但我做得到那種絕技嗎？
剛剛緊張得吃了三碗飯。
我一定會緊張到把頭髮也吃下去。

待田健一

田中小姐：請先確認飯粒有沒有黏在套裝上，如果沒沾到飯粒，就穿那件套裝沒問題。

吃到頭髮也沒關係，不如說這樣也能博得某些人的好感吧。

田中史子

待田先生：套裝和頭髮的事我了解了。

如果屁股卡在公司的馬桶裡拔不出來怎麼辦？

待田健一

田中小姐：通常公司的馬桶不是設計來卡住屁股的。話說回來，妳搭上電車了嗎？

田中史子

沒有，我還在家。

待田健一

田中小姐，請妳先出門到公司吧。

田中史子

我出發了。

待田健一

剛才有出版社的人過來，聽說《致幸菜：為夢想奉獻生命的愛妻》又決定再刷了，銷量堂堂突破三十萬本。

我也收到了續作邀約和其他出版社邀稿。

妳有時間寫嗎？

田中史子

第一天出勤結束。

待田先生，說不定我很適合到公司上班，工作忙得不可開交，但非常開心，同事都很親切。辦公室竟然有最新型的影印機，我忍不住想，難不成這裡是NASA的機構嗎？

我人生第一次的上班族生活順利揭開序幕。

《致幸菜：為夢想奉獻生命的愛妻》續作，還有第三部作品，我當然要寫。

其實我已經有構想了。第一部採用待田先生的視角，描寫了太太的志工夢和待田先生的失落感；第二部我想從太太的視角出發，以待田幸菜留下的日記為主軸，採用與待田先生對話的形式撰寫。

這種寫法更強調夫妻之情，感覺會大賣。

待田健一

原來如此，真是好主意，但我妻子沒有留下任何日記耶。

田中史子

當然是自己編，我會看情況編出適合的日記。

今天晚上馬上開始構思。

待田健一

我在新幹線上。

演講再次在盛大好評中落幕，我今天在台上哭了，因為注意到這時候掉眼淚說不定能激起觀眾的情緒。我回想從前在醫院床邊，握著奶奶那雙手的情景，想起她瘦骨嶙峋的手，我的眼淚便撲簌簌往下掉。會場各處傳來啜泣聲，我想這是目前為止最成功的一次。

書一直賣得很好，也有版稅，妳不去上班、不工作也沒關係吧？

田中史子

辛苦了，演講大獲成功太好了。

關於第二部，改天我想多花點時間好好採訪你。

還有，我突然有個想法，如果把你和太太常聽的古典音樂收錄成專輯推出，你覺得如何？我們可以一起挑選適合的曲子。

到公司上班真的很開心，我一直嚮往這種生活：穿上套裝，搭上通勤電車，打卡，拿影印文件，被卡紙的機器氣得跳腳。也有諸事不順的時候，但只要同事說聲「辛苦了」，我總是超級擴大解釋，聽在我耳中就像在說「幸好有妳在，真是幫了大忙」、「我知道妳很努力」、「妳沒問題的，應該活得更有自信」。每次我表面上只是稍微點頭回應，但內心總是像量販店員拿著麥克風大聲叫賣一樣，全力吶喊「謝謝你！謝謝你！真的非常謝謝你！」。

待田健一

我到品川了，大概再三十分鐘就會抵達澀谷。

田中史子

今天謝謝你，博多通饅頭真好吃，這種東西總會讓人不小心吃太多，然後撐壞肚子。

聊了許多你太太的事，很有意思。週末我會擬出架構，開始撰寫草稿。

待田健一

我也剛到家。

關於我妻子的事情，如果還有什麼不清楚的，歡迎隨時問我。我們是在喝酒聚會時認識的，不過確實，改成其他偶然邂逅的形式也許比較吸引讀者。

田中史子

第一章寫完了，我想再多琢磨一下你和幸菜第一次牽手的細節。

小睡一下，我就要去上班了。

待田健一

開頭部分看得我也心跳加速。我有個提案，牽手的場景不要由我主動，改成幸菜主動如何？畢竟讀者對積極、有行動力的幸菜頗有好感。

田中史子

累死我了，不過感覺成果不錯。最終章幸菜下定決心那一幕，我寫到後來忍不住眼眶含淚，花了更多心力描寫。

我泡個澡就要準備上班了，昨天NASA影印機出了問題，今天有場大戰要打。

待田健一

書才上市第一天便決定加印，愛的古典音樂集也上了銷售排行榜。

昨天我和非政府組織的人聚餐，聽說最近投入志工服務的人增加了，影響力實在驚人。

田中史子

第一回連載的稿子寄給你了。

昨天搭電車的時候，發現車廂懸掛廣告上印著你的臉。

待田健一

連載大獲好評，書籍累計銷量超過一百萬冊。

最近有不少上電視的工作，真累人，也很久沒跟妳見面了。

田中史子

剛才白蘿蔔在特價，便宜到我忍不住買了三條。我會邊熬關東煮，邊看你出場的電視節目。

現在對你我來說都是重要時刻，做好該做的事吧。

待田健一

版稅妳沒拿去用嗎？動用這些錢是不是會讓妳產生罪惡感？我之所以能跨出第一步，贏得現在的成功，都要多虧妳鼓勵我出書。如果現在這件事成為妳的負擔，我們不如收手吧。

田中史子

我只要有薪水就夠用了。

我執筆撰寫你太太的書，感動了無數人；你在演講中假哭，無數人跟著掩泣，沒有比這更大快人心的事了。我們贏了，像邪惡的國王和王后獲得了勝利。

待田健一

下週要不要見個面？

集點卡也一直停在第九格。

約週三或週四傍晚好嗎？

田中史子

抱歉，我平日得上班呢。

待田健一

下下週五晚上如何？

田中史子

沒問題，那就約在老地方。

待田健一

稿子收到了，期待今晚見到妳。我下午兩點在赤坂的會場演講，傍晚有一場訪談，結束後我會直接去登記住房。

還有，這件事我本來想當面告訴妳，總之先跟妳說一聲。

剛才要進會場的時候，有個陌生男子在入口處叫住我，說他姓瀧口，是妳的親戚，還知道我們之間的關係。妳認識他嗎？

田中史子

認識，如果他開口跟你要錢，請拒絕他。

待田健一

妳還在公司？

對不起，錢我已經借他了，那位瀧口先生看起來很困擾的樣子，而且畢竟他知道我們之間的事，保險起見，我還是答應了。錢沒什麼，這種程度只要再去演講就賺得回來。

晚上見。

田中史子

對不起，我會交代他別再去找你，錢也會還給你。真的很抱歉。

待田健一

田中小姐：我剛剛打了妳的電話，但無法接聽，所以改寄郵件。我已經登記住房了，等妳過來。

待田健一

晚上十點了。

發生什麼事了？如果今天不方便的話，我們改天再約沒關係，請跟我說一聲就好。

待田健一

我先回家了，妳有空的時候請打個電話給我。

我很擔心妳。

待田健一

我接到瀧口的電話，為了不把事情鬧得更大，我現在就去跟他見面，請妳別擔心。

田中史子

對不起，請你別去見那個人。

我再打一通電話看看。

田中史子

待田先生，那個瀧口不是我的親戚，是我丈夫，田中洋貴。

我再打給他試試看，對不起。

待田健一

田中小姐，剛才無法回電，真對不起。

田中洋貴突然到我家拜訪，現在才剛回去。我沒注意到家裡沒有茶了，連一點能端出來招待他的東西也沒有。

他只待了十分鐘左右，拿智慧型手機播了一段短片給我看。

搖晃的畫面裡，沙塵漫天飛舞，一輛卡車困在途中，動也不動。

五、六個帶著武器的男人封鎖了道路，槍口對著四周，那是AK47，卡拉什尼科夫設計的自動步槍。怒罵聲此起彼落，操著未知的語言，幾個遇襲的人被壓制在卡車車身上。持槍的男人扯開嗓門大喊，一個接一個跳上卡車貨架，開始卸下標有紅色十字記號的貨物。那情景有如一幕電影，畫面外卻突然響起我再熟悉不過的女性說話聲。我好久沒聽見幸菜的聲音了。螢幕裡，幸菜的臉龐曬成了淺棕色，紮著我沒見過的髮型。她是不是瘦了點？我才剛這麼想，一個少年兵手上的AK47瞄準幸菜，立刻發出砰、砰兩聲巨響。幸菜倒了下去，微微揚起沙塵。手持AK47的少年再次映入畫面，他才剛對人扣下扳機，臉上的表情卻絲毫不為所動。然後影片就這麼結束了。

我正想拜託他再讓我看一遍，田中洋貴卻先開了口。「後來呢，待田先生。幸好槍傷只穿過她的側腹，而且附近正好有優秀的醫護人員在場。幸菜平安恢復意識，在臨時帳棚裡跟我說：『我不想回去，我想和洋貴一起留在這裡。』然後呢，待田先生啊。我就想，把幸菜推向地雷的其實是你嘛。地雷這種東西到處都有，日本也有啊。你看，最近不是有便利商店工讀生跑到冰櫃裡拍照留念，結果鬧出社會問題，毀了自己人生嘛，他也是踩到地雷啦。世界某個角落發生的事情，也一樣會在日本發生。待田先生，你的狀況可不是爬進冰櫃這麼簡單。專寫老婆的故事，感動全日本的暢銷作家，私底下卻跟別人家的老婆大搞不倫戀，這等於已經踩在地雷上頭了嘛。你聽懂了嗎？聽懂了吧。」

就這樣，我把信用卡交給田中洋貴，密碼也一併告訴他了。田中洋貴把卡片放進口袋，一邊走出門外一邊說：「別擔心，就算把世界切成一百等份，你還是屬於最幸福的那一群。」

田中史子

一小時後我再跟你聯絡。

待田健一

好，我等妳。

田中史子

現在是早上六點，抱歉耽擱了。

我有一事相求，請你讀完馬上刪掉這封信。不只這封信，我們至今往來的所有郵件都必須刪除。我們說得太多了。雖然聊了這麼久，但刪除只要一眨眼的時間，拜託你了。

我先生是前天早晨回來的。當時我剛寫完連載原稿，正準備出門上班；他突然開門走了進來，一臉只是去了趟便利商店的表情，問我身上有沒有三萬圓。「我從成田機場坐計程車過來，司機還在外面等著收錢咧。」一正好薪水剛領出來，我從裡頭撥出三萬圓，付給在外等候的司機先生。我告訴洋貴，我該去上班了，他只回了句「請便」。趁著我在公司的時候，他把電腦裡的郵件全部看了一遍，像我以前偷看他的電腦那樣。隔天，他已經挪用了你匯來的版稅。我求他：「我的錢都不要也沒關係，請你把待田先生那裡搶來的錢還給他。」他卻說那是分手費，沒有必要還。我回嘴：「你等一下。我跟待田先生的事，我們兩個自己決定，要不要分手是我們之間的問題。」「哎呀，不是你們的分手費啦。」他說完，打了一通國際電話到摩洛哥的首都拉巴特。待田先生，我和你太太通了電話。

「這陣子拉巴特連下了好幾天的雨，今天終於吹起涼風，天氣舒爽。我剛把該處理的家具、雜物都賣掉了，整間屋子清得乾乾淨淨。妳叫史子對吧？我和妳先生分手了。明天我會向領事館表明身分，回到日本，回到我祐天寺的家，重新和健一一起生活。」

通話內容大致如上。她說完，我答了聲「好」，掛斷電話。

請你刪除我們之間的所有紀錄，包括這封信在內。

辛苦了。

4

待田健一

田中史子小姐：

我上午出門買了新的睡衣、襪子、毛巾、牙刷，經過護理師提醒，也買了女性的貼身衣物和生理用品。電器賣場的電視螢幕上，映著我在機場緊緊擁抱妻子的畫面，字幕寫著「睽違六百一十七天感人重逢」。妻子流著淚，我也在哭。主持人說，這一幕想必感動了全日本的民眾；但我看電視的時候，身旁有對母女一直為了要買哪支吹風機爭執不休，所以我想是沒有「全日本」那麼誇張。

我正要把東西送去給入院檢查的妻子。

待田健一

聽說檢查明天就會結束了。

妻子掀開襯衫，露出側腹的傷疤給我看，我看著都覺得痛，但她說沒有看上去那麼嚴重。她問：「我該回哪裡去才好？」於是我告訴她，家裡都還維持原狀。妻子說：「到我身邊來。」我靠上去，她展開雙臂抱住我，親我一下，說了句「謝謝」。我暗想，這句謝謝指的是哪件事？是感謝我去成田機場接她，還是感謝我幫她買睡衣？我沒再多問。

妻子知道我出書、演講的事。「我可不記得自己寫過日記，」她笑著說：「不過我看來很有名氣，說不定對往後在日本的工作有所幫助。」話鋒一轉，她又開口：「健一，世界某個角落發生的事，一樣會在日本發生。世界上有超過五百萬個女孩子被迫在十五歲前走入婚姻，才十三歲就和五十歲的男人結婚，十四歲就生了孩子，一次也沒有談過戀愛。」

這種話題該怎麼回應？正當我苦思如何答腔之際，護理師正好走了進來。「那明天我再來接妳。」我說完，便走出病房。

我肚子好痛。

待田健一

明天，妻子要回家了。

肚子一直好痛，為了轉移注意力，我開始回想從前更讓人胃痛的經驗：那時發生的事令人胃痛，那個時候和那個時候也是。現在的經歷大約排在我人生胃痛排行榜上第三名，我說服自己，既然只排到第三名，肯定沒什麼大不了。

我把屋內收拾乾淨，從玄關的櫃子裡拿出妻子的拖鞋，換回原本的馬桶坐墊套，浴室裡擺上新買的洗髮精和潤髮乳。換完床單，我想起冷凍庫裡的雞肉，於是把它從冰箱裡拿出來，塞進塑膠袋緊緊綁牢，出門準備拿到垃圾集中場丟棄。路口的號誌燈一明一滅，照亮一塊陌生的告示牌：「上個月二十八日凌晨二時左右，本路口發生車禍，肇事駕駛逃逸，目擊民眾請聯絡……」我拿出手機，撥了牌子上的號碼。「不好意思，我在五本木一丁目的路口看到告示牌，那個肇事駕駛就是我。」三分鐘後，兩位警察騎腳踏車趕到，十分鐘後來了三輛警車。「這不是待田先生嗎？我在電視上看過你耶。」謊言一轉眼就被揭穿了。「你還好嗎？太太呢？」經過員警勸導，我回到家，收起玄關的拖鞋，剝下馬桶坐墊套，換回原本的床單，把雞肉拿去解凍，烤一烤吃了，只撒了鹽和胡椒調味。我想起國小的時候，雞肉吃不完剩下來，被大人訓了一頓，要我「想想非洲人」。我現在也想起了非洲人。

明早我會到醫院辦理出院手續，和妻子一起出席記者會，重新恢復平穩的生活。

真奇怪，明明說今天會下雨，為什麼一直沒下？是我搞錯了嗎？夜空很美。

田中小姐，我喜歡妳。

田中史子
嗯，我也喜歡你。
剛才前不久，我被丈夫侵犯了，完全沒辦法抵抗。
待田健一
真高興我們心意相通。
我想見妳。
妳在家嗎？我到小竹向原站再聯絡妳。
田中史子
我不在家，別過來。
待田健一
我搭上計程車了，妳人在哪裡？

田中史子

契約尚未到期，同事都待我不錯，但昨天我還是辭職了。同事幫我辦了歡送會，提早結束工作，在會議室擺上各自帶來的啤酒、小菜，讓我坐在最中間，把大家寫的卡片和花束送給我。回家的電車上，我把卡片讀了一遍又一遍，邊讀邊想：辭職也好，畢竟我配不上這些美好的人，和他們待在一處是我不該有的願望。

回到家，丈夫說了聲「妳回來啦」。我烤了魚，煮了味噌湯；他心情好，說想喝紅酒，我便出門到附近的便利商店買酒。出門一趟回來，發現丈夫在看電視，螢幕上映著你們夫妻倆在機場相擁而泣的畫面。丈夫抓住我的手，我抽開手，他改抓我的頭髮，把我從椅子上扯下來。「妳跟那男的搞外遇的事，我全都跟大山講了，那男的已經完了！」他邊說邊把我壓在地上，剝下我的內褲。我在心裡再次肯定，那果然是我不該有的願望。

一開始，我只當你是個調查對象，和你見面是為了查出丈夫的行蹤。我持續跟你來往好一段時間，只為了彌補某些缺憾，像一場以失敗為目標的遊戲。

我不知道這種關係什麼時候變了調，單純只是今日不同於昨日而已；今天與昨天的差異超乎我們預料，而今天我希望自己屬於你。無所謂對錯，只不過我想，那仍然是我不該有的願望。

待田健一

我走在環狀七號線上，正往中野方向過去。

剛才我去了妳家一趟，玄關的門開著，我便自己進去了。田中洋貴流著血，已經斷了氣。

我擅自把地板擦乾淨，把開著的電視關掉，帶上沒關的冰箱門，拿出鞋櫃裡的鑰匙，把門鎖好才離開。

田中小姐，妳現在在哪裡？

田中史子
我在澀谷。
待田健一
我馬上過去。
田中史子
好，我先進房間等你。
待田健一
我沒錢搭計程車了，用跑的過去，妳可以等我一下嗎？
田中史子
沒問題，慢慢來。

待田健一
我穿越目白通了，大約兩小時左右會到。
田中史子
我穿過百軒店的拱門，走在圓山町的小巷裡。
待田健一
我經過早稻田通的高架橋了。
室蘭、佐世保、豐橋、福山，掛著日本各地車牌的大卡車來來往往。
田中史子
我到聖堂旅館登記住房了，三〇一號房。

待田健一
過高圓寺站了。
剛剛看見村上龍被狗吠，不確定是不是他本人，但長得實在很像。

田中史子
小池榮子也在嗎？

待田健一
沒看見小池榮子。

田中史子
那就不知道是不是村上龍本人了。

待田健一

我也不確定，不過那人被狗吠得獨自生悶氣的樣子，真是像極了村上龍。

我過高圓寺高架橋了。

田中史子

往你右手邊就能看見妙法寺。

我正把冰箱裡的力保美達能量飲拿出來喝。

待田健一

我邊打字邊走路，結果被人孔蓋絆了一下，頭撞到電線桿。

額頭有點痛。

田中史子
拍張額頭的照片給我看。

待田健一
妳看，撞成這樣。

田中史子
額頭好紅喔，我一個人在房間裡笑了出來。
第二瓶力保美達也被我喝掉了。

待田健一
那個人孔蓋大概絕對是便宜貨，一般的人孔蓋要七萬圓，那個是便宜零件，所以才不合規格。
記得留一點力保美達給我。我們今天做到最後吧。

田中史子

你怎麼知道人孔蓋的價錢？

待田健一

因為工作需要。

我們今天做到最後吧。

田中史子

我想聽你聊建設公園的工作。

待田健一

溜滑梯四十五萬圓，爬格子六十萬圓，鞦韆單人用十六萬圓，四人用二十八萬圓，單槓三組十一萬圓，大致上是這樣。

田中史子
沒想到爬格子竟然也有定價。

待田健一
我過了方南町，已經可以看見首都高了。
為什麼我說「今天做到最後」妳都不回應？

田中史子
好啊，做到最後吧。但我今天還想唱卡拉ＯＫ，想盡情歡唱一番。

待田健一
妳要先唱卡拉ＯＫ還是先上床？
我在代田橋左轉，正要穿過笹塚一帶。

田中史子
先唱卡拉ＯＫ。
我剛剛在看外送菜單，有柚子胡椒拉麵耶，你不覺得好像很好吃嗎？

待田健一
妳要先吃柚子胡椒拉麵還是先上床？
我走過保齡球館前面了。

田中史子
待田先生，你是那種動不動吵著要上床的人嗎？

待田健一
我經過初台一帶，走上山手通了。
沒錯，雖然看不太出來，不過我確實是動不動吵著要上床那種人。

田中史子

看來你有信心贏過柚子胡椒，那我可以期待一下囉？

待田健一

我絕對贏不了柚子胡椒，不要太期待。

要經過富谷的加油站了。

田中史子

快到了。

待田健一

沒錯，快到了。

明天要不要去泡個溫泉？去伊豆之類的。

田中史子

我想去落合博滿紀念館。

待田健一

妳認真的嗎？落合博滿棒球紀念館擺著全身光溜溜握著球棒的落合博滿銅像哦，而且妳知道落合博滿是誰嗎？

田中史子

不知道，只是覺得去哪裡都好，「哪裡都好」這點最好。

待田健一

我走上舊山手通了，待會就從神泉一帶進入圓山町。

大概再十分鐘左右就到了，這邊有家便利商店，要幫妳買什麼嗎？

田中史子

我想吃開心米果、婆婆燒米果、小粒豆米果，還要烏龍茶。

待田健一

妳喜歡龜田製菓喔？我要進便利商店了。

田中史子

你剛剛有敲門嗎？

待田健一

沒有，我才剛買了開心米果、婆婆燒米果、小粒豆米果和烏龍茶。

田中史子

別過來。

待田健一
怎麼了？我已經走在愛情旅館街上了。
田中史子
你快逃，是警察。
待田健一
我馬上過去。
待田健一
田中小姐，妳快接電話。
待田健一
拜託妳接電話。

待田健一

田中小姐，接電話啊。

田中史子

待田先生，你本來打算一到旅館馬上跟我上床吧？真對不起，早知道我們應該早點做的，這下成了一個遺憾了。但是，如果沒能進到我裡面這件事因此長留在你心中，倒是正如我所願，我反而有點開心。

警察正砰砰敲著門板，但我想藉這段時間耍點小任性，拜託你幫我一個忙。剛才你買的烏龍茶還在嗎？我需要那罐茶。

我一路四處逃避，活到今天，但總有人探出我的行蹤，偶爾會有認識的人登門拜訪。他們會說：「那人也不是沒在反省，妳都是成年人了，這點小事不要一直放在心上，好歹也該原諒他了吧。」功虧一簣，真是輕而易舉的事。為了成為旁人眼中隨處可見的普通人，花費十年、二十年累積的心血，只消某人伸出指頭一戳就會崩塌。事情演變到這個地步，我就只能繼續逃跑，沒命地逃，邊逃邊想：求求你別再對我說嚇人的話，別再讓我想起從前，不如殺了我一了百了。

還在便當店工作的時候，到了午休時間，我總是坐在附近的公園長椅上吃便當。公園裡往往坐滿了人，只有廁所旁邊的長椅乏人問津；我坐在那兒吃便當的時候，常常看見掃廁所的阿姨，她有點年紀了，穿著淺藍色工作服，拿刷子刷著沾滿屎尿的牆壁和地板。

那一天，前一晚剛有認識的人來過。我心裡什麼都無所謂了，邊吃著超級美味的自製便當邊想，吃完就從那邊那棟大樓跳下去好了。心滿意足地闔上便當蓋子，正要起身的時候，一罐烏龍茶遞到我眼前。「這個請妳喝，」掃廁所阿姨說：「來，別客氣。」她知道我沒錢買飲料，總是喝公園水龍頭的自來水。我愣在原地，阿姨又開口說了什麼，把烏龍茶放到我手上，逕自回去打掃廁所了。我沒聽清楚阿姨說的話，沒能向她道謝，事後反覆回想她的嘴型，才終於明白阿姨當時是說：「這邊老是臭臭的，不好意思啦。」

我一直想報答那位阿姨的恩情，才一路活到今天。我想告訴她，「才不會，一點也不臭。」給她一大筆錢，讓她安享天年，不必再出外工作。待田先生，你一開始的直覺沒錯，我是個騙徒，只可惜我失敗了，錢也全成了泡影。

敲門的砰砰聲差不多到了極限，我也該拜託你了：明天也好、後天也好，什麼時候都好，請你把剛才買的烏龍茶遞給練馬「榮公園」掃廁所的阿姨。若能添上一句「辛苦了」，那就再好不過了。

辛苦你了。

待田健一

得知妳從旅館被送到醫院，又再次從醫院窗口跳樓而死時，我正坐在狹小的偵訊室內，這才知道妳心中的絕望，遠比我想像中更深、更沉。

妳是老早放棄了許多事的人，但是不論再怎麼放棄、再怎麼放棄，不得不放棄的事仍然層出不窮；心裡覺得已經夠了，卻還是得繼續放棄。縱使人生如此，妳仍然認真生活，每天早晨按時睜開眼睛，放棄這一天。

有件事一直長留在我心中，如同妳不論做什麼都想著送烏龍茶的阿姨一樣，我也不斷想起一個人，是那天幸菜在美髮沙龍讀到那篇報導中，年僅九歲便誤踩地雷而死的女孩子。我對她一無所知，卻聽過這個人；她和我們素昧平生，卻改變了好幾個人的人生。我不知道她長什麼模樣、叫什麼名字，不知道她喜歡什麼、討厭什麼，對這人一無所知。自從妳死後，我每天都想起這女孩。

她名叫盧亞，住在羅安達北部，坐落於半山丘上的一個小村莊，最近剛滿九歲；家裡除了在樹薯田工作的父親和母親之外，還有五個小孩，盧亞排行第二，是唯一的女孩子。她代替身體孱弱的母親，負責用玉米粉調製食物，照顧幾個弟弟生活起居。汲水是她最大的樂趣，她會和同年的泰瑞莎一起走下山丘，在猴麵包樹下邊聊天，邊幫彼此編頭髮。現在的髮型也是泰瑞莎幫她編的，父親叫她把頭髮剪短一點，但她才不要呢，她想留泰瑞莎那樣長長的頭髮。

那天，盧亞起得比平時還早，因為下午有個想去的地方，她想早點把事情辦完。昨天盧亞為了給父親送東西，頭頂著籃子來到鎮上，遇見一位名叫席蒙的女性。席蒙說她來自德國，準備在鎮上辦學校。盧亞沒上過學，泰瑞莎問：「等學校蓋好了，我也可以上學嗎？」見席蒙點頭，泰瑞莎喜形於色，盧亞倒是興趣缺缺。盧亞的爸爸會認字，媽媽不會，但她一樣喜歡媽媽。席蒙拿出一台攝影機，盧亞不喜歡入鏡，急忙準備離開，但這次有點不一樣。機器裡傳出從沒聽過的音樂，螢幕開始播放從沒見過的影像：畫面中站著一身白衣的女孩子，身高與盧亞相仿，身材和盧亞一樣瘦削，她往前伸出手，像畫圓一樣，雙手翩然舞動。她在做什麼？泰瑞莎開口問：「這是什麼？」「這叫芭蕾舞。」席蒙回答。芭蕾舞。盧亞忍不住出聲複誦。「妳有興趣嗎？」被這麼一問，盧亞急急忙忙把籃子頂回頭上，逃也似地跑掉了。其實她好想再看久一點，做晚餐的時候，那個跳芭蕾舞的女孩子仍令她念念不忘，不斷想起她輕飄飄的裙襬。她睡不著，在幾個弟弟平穩的鼾聲中，她朝著茅草屋頂伸出手掌畫圓，像翩翩飛舞的蝴蝶。

明天，盧亞打算早點起床，不知道那個德國人明天還在不在？她想早點做完飯，到鎮上看看，只要在汲水途中稍微繞過去一下子就好，抄近路穿過草原應該來得及。雖然大人說那條路不能走，但她時不時在那一帶看見外國人，不會有問題的。不知道能不能好好告訴她，我想再看一次芭蕾舞。再看一次，我就能知道那雙手掌是怎麼舞動的，說不定只要去那個人辦的學校，我也能像那個女孩子一樣跳芭蕾舞。就這麼辦，早點起床吧。

盧亞終於沉沉睡去。同一時刻，不知那少年身在何方，過著什麼樣的日子？我對那個手持AK47的少年一無所知。不知道他喜歡什麼、討厭什麼，睡前想著什麼事，又墜入什麼樣的夢境？

5

待田健一

時令正值夏日，謹在此致上誠摯的問候。

據報東京的氣溫比往年稍涼，但天候仍然十分炎熱。

史子，今天我又去了區公所一趟，仍然查不出離職的烏龍茶阿姨住在哪裡，不過聯絡上了同時期和她一起工作的同事。那人現居千葉，我明天會去拜訪一趟。

我再跟妳聯絡。

待田健一

這是我第一次看見九十九里的海，浪還真大。

今天我拜訪了那位同事，打聽烏龍茶阿姨的事。據他所說，烏龍茶阿姨應該叫做一村慶子，就時間上來說應該是她不會錯。一村慶子女士的先生過世已久，現在她獨自回到故鄉生活，住址也打聽到了，在和歌山縣的紀伊半島，離落合博滿棒球紀念館竟然只有二十公里的距離。

田中史子

待田先生，聽得見嗎？

待田健一

史子，看來在東京發生的事情，一樣會在落合博滿棒球紀念館附近發生。一村慶子女士現在任職於愛情旅館，負責櫃台業務。

我現在就過去找她。

田中史子

待田先生，聽得見嗎？

待田健一

那間旅館坐落於海邊，名叫「濱海旅館」。

我走了進去，一村慶子女士身穿粉色襯衫，坐在櫃台毛玻璃的另一側。聽說我一個人，一村女士目瞪口呆地說：「一般是不能一個人入住啦，那你要幾號房？」我說，麻煩給我三〇一號房。「一般要四千四百八十圓，但你才一個人，收你三千就好。」我繳了三千圓，收下房間鑰匙，從櫃台窗口遞出我帶來的烏龍茶：「天氣很熱哦，辛苦了。」一村女士詫異地收下那罐茶，問我：「需要我陪你玩玩嗎？」至於我如何回應，那就是秘密了。

田中史子

待田先生，聽得見嗎？

是我，史子。稍微打擾你一下。

我在這裡直接向你的內心喊話。

聽得見嗎，待田先生？

從今以後，我每天都會這樣對你說話。

我要說的，主要是這世上的痛楚，還有與痛楚數量相當的喜悅。

那就從我死亡的時候開始說起，一路倒回出生的瞬間吧。

待田健一好。

國家圖書館出版品預行編目資料

往復書簡：初戀與不倫 / 坂元裕二著；簡捷譯 . -- 初版 . -- 臺北市：皇冠，2019.01
面；　公分 . --（皇冠叢書；第 4736 種）（大賞；107）
譯自：往復書簡 初恋と不倫
ISBN 978-957-33-3420-0（平裝）

861.57　　　　107022020

皇冠叢書第 4736 種
大賞｜107

往復書簡 初戀與不倫

往復書簡 初恋と不倫

作　　者—坂元裕二
譯　　者—簡　捷
發 行 人—平　雲
出版發行—皇冠文化出版有限公司
台北市敦化北路 120 巷 50 號
電話◎ 02-27168888
郵撥帳號◎ 15261516 號
皇冠出版社（香港）有限公司
香港銅鑼灣道 180 號百樂商業中心
19 字樓 1903 室
電話◎ 2529-1778　傳真◎ 2527-0904
總 編 輯—許婷婷
美術設計—嚴昱琳
著作完成日期— 2017 年
初版一刷日期— 2019 年 1 月
初版三刷日期— 2023 年 12 月
法律顧問—王惠光律師

讀者服務傳真專線◎ 02-27150507
電腦編號◎ 506107
ISBN ◎ 978-957-33-3420-0
Printed in Taiwan
本書定價◎新台幣 320 元 / 港幣 107 元